平凡社新書
864

吉原の江戸川柳はおもしろい

小栗清吾
OGURI SEIGO

HEIBONSHA

吉原の江戸川柳はおもしろい●目次

まえがき……9

第一章 いざ吉原へ！……11

一、吉原はどこに？……11
（一）吉原の開設（元吉原）（二）新吉原へ移転

二、吉原へ行く……14
（一）舟で行く（二）駕籠で行く（三）託《かこつ》けの吉原

三、吉原の街並み……45
（一）廓外（二）廓内

第二章 〝ありんす国〟の人々――遊女と遣り手と太鼓持ちと……56

一、遊女とその予備軍たち……56
（一）遊女の階級（二）遊女の身の上（三）遊女の身形・習慣
（四）新造（五）禿

二、吉原の名脇役たち……86
（一）遣り手　（二）若い者　（三）お針
（四）太鼓持ち　（五）文使い
三、営業時間と客寄せイベント……99
（一）昼見世　（二）夜見世　（三）営業政策

第三章　〝もてたい〟人々――遊客百態……119
（一）息子　（二）亭主　（三）武士（浅黄裏）
（四）僧侶　（五）お店者　（六）老人
（七）大一座　（八）素一分　（九）素見

第四章　騙し騙され、男と女……187
一、しきたりの多い極楽へ――妓楼へ上がる……187
（一）張見世で見立て　（二）初会　（三）裏

（四）三会目

二、極楽の沙汰はカネ次第……203
（一）紙花　（二）総花　（三）総仕舞

三、もてりゃ天国、振られりゃ地獄……210
（一）もてる客　（二）振られる客　（三）貰い引き

四、油断のならない遊女たち……231
（一）無心　（二）手管　（三）手管不成功

五、成敗される悪い客……247
（一）散切り　（二）桶伏せ

あとがき……252

参考文献……254

凡例

（一）掲載句の表記

掲載句のテキストは、『誹風柳多留全集』（三省堂）、『誹風柳多留拾遺』（岩波書店）、『初代川柳選句集』（岩波書店）、『川柳評万句合勝句刷』（川柳雑俳研究会）、『定本誹風末摘花』（有光書房）を使用しましたが、読みやすさを最優先して、すべて現代かなづかいに直し、「漢字」を「かな」に、「かな」を「漢字」に、また古い漢字・宛字などを現代使用されている漢字に直すなど、自由に変更しました。従って、テキストとはかなり異なっており、「句の読み」に近いものと考えていただきたいと思います。

（二）掲載句の出典

掲載句にはすべて出典を付しました。出典の略号は、江戸川柳関係の出版物で一般的に行われている表記に従いましたが、念のため記せば次の通りです。

①誹風柳多留

柳多留を示す文字を表記せず、篇数（漢数字）・丁数（算用数字）のみを表記します。

②誹風柳多留拾遺・初代川柳選句集・誹風末摘花

各句集の題名の一字を略号として頭につけ、続けて篇数・丁数を表記します。

略号は次の通りです。『柳多留拾遺』＝拾。『川傍柳』＝傍。『藐姑柳』＝藐。『柳籠裏』＝籠。『玉柳』＝玉。『やない筥』＝筥。『さくらの実』＝桜。『末摘花』＝末。

③川柳評万句合

万句合の興行年を略称で頭につけ、続けて興行順を示す相印（合印）を表記します。例えば、「明三義5」は、「明和三年」の「義」印の勝句刷の5枚目にあるという意です。

略号は次の通りです。宝暦＝宝。明和＝明。安永＝安。天明＝天。寛政＝寛。

まえがき

よく「江戸川柳と現代川柳とはどう違うのですか」と聞かれることがあります。なかなか難しい質問で、簡単にはお答えしにくいのですが、一つの例として「現代川柳ではほとんど詠まれていないが、江戸川柳では非常にたくさん詠まれている題材がある」ことをお話しすることにしています。

この江戸川柳独特の題材の大きな塊は三つあります。

一つは、「詠史句《えいしく》」です。歴史上の人物や出来事を詠んだ句です。日本の正史はもちろんのこと、神話・伝説・物語の類や、さらには中国の歴史・文学に至るまで、歴史上の幅広い事柄を題材にした句が大量にあります。しかし、現代川柳に、『太平記』の話や豊臣秀吉の逸話を詠んだ句はあまりないでしょう。

二つ目は「破礼句《ばれく》」です。これは下がかりの事柄を詠んだ句です。こういう句だけを集めた「末摘花《すえつむはな》」という句集があるくらい大量に詠まれています。現代川柳では、特殊な目的のために詠まれることはあるかも知れませんが、一般的な結社ではあまりお目に掛からない題材だろうと思います。

三つ目は「吉原句《よしわらく》」です。その名の通り吉原遊廓にかかわる句です。とにかく膨大な量の句が詠まれています。数えたことはありませんが、江戸川柳を題材別に分類したランキングを作れば、たぶん第一位になるだろうと思います。現代川柳では、そもそも吉原遊廓が消滅してしまいましたので、ほとんど詠まれることはないでしょう。

以上、三つの塊のうちの二つは、幸いなことに、平凡社新書でご紹介することができました。「詠史句」は『江戸川柳 おもしろ偉人伝一〇〇』、「破礼句」は『男と女の江戸川柳』です。残る一つ「吉原句」をご紹介するのが、本書ということになります。

吉原は江戸で唯一の公許の遊廓です。そのたった一つの遊廓だけを材料にした江戸川柳の巨大な塊を前にすると、江戸の男たちは本当に吉原が好きだったんだなと思います。その大好きな吉原のあれこれを、「詠史句」や「破礼句」がそうであったように、川柳作家たちが、どうでもいいことを細かく観察したり、いろいろデフォルメしたり、時には「もしこんなことがあったら面白いよなあ」と想像を膨らませたりして、可笑《おか》しい句に作り上げてくれました。「江戸時代の遊廓のことなど難しそうだな」などと思わないで、素直に目を通していただいて、「人間ってそんなもんだよね」とか「江戸の男も同じだなあ」などと可笑しがっていただければ幸いです。

では、どうぞお楽しみください。

第一章　いざ吉原へ！

一、吉原はどこに？

まず最初に、第一章では「吉原はどんなところか」をご紹介していきます。そもそも吉原遊廓はどこにあったかご存じでしょうか。現在の住居表示では「吉原」という地名はありません。しかし、少し年配の方なら、浅草寺《せんそうじ》から少し北方へ行ったところのバス停「吉原大門《おおもん》」近く、東京都台東区千束四丁目あたり、とお答えになると思います。これは半分正解です。というのは、この場所は、最初の吉原遊廓（元吉原）から移転してきた新しい吉原遊廓（新吉原）のあった場所だからです。

最初の吉原遊廓は、現在の日本橋人形町付近の土地に開設されました。元和三年（一六一七）に幕府の許可が下り、翌年（一六一八）十一月に営業開始したそうですから、今からちょうど四百年前のことになります。その地で約四十年間営業しましたが、江戸の発展とともに周辺が賑やかになってきて、遊廓があるのは好ましくないと考えられるようになりました。そこで明暦三年（一六五七）、幕府の命により、前述の新吉原の地へ移転をすることになったわけです。

（一）吉原の開設（元吉原）

吉原《よしわら》の国常立《くにとこたち》は甚右衛門《じんえもん》　八五10

ではまず、元吉原の句からご紹介しましょう。「甚右衛門」は、最初の吉原遊廓設立に尽力し、惣名主《そうなぬし》になった庄司甚右衛門のこと、「国常立尊《くにとこたちのみこと》」は、『日本書紀』に出てくる万物にさきがけて出現した神様です。吉原にとって甚右衛門はまさに国常立尊のような存在、根源神だというだけですが、こういう知識がないとわからない句です。

女郎屋《じょろうや》が立《た》ちますと葭刈《よしか》っている　安九仁3

この元吉原の地は葭の茂る沼地だったそうで、そのため「葭原」と名づけたのですが、後にめでたい「吉原」に改めたと言われています。この句はそういう事情を詠んだ句ですが、後にこの世の極楽に発展する吉原の基礎工事に当たって、草刈りの人が「女郎屋が立ちます」などとこともなげに言っているのが、とぼけて可笑しい句です。

古《いにしえ》は芝居《しばい》を売《う》って行《い》ったとこ　天三桜1

「売る」という言葉は江戸川柳によく出てきますが、「かこつける」すなわち「本当のところを隠して、別の事を理由や目的だと見せかける」（『日本国語大辞典』）ということです。この句は「昔は、芝居見物にかこつけて行ったところだよね」というのですが、元吉原のすぐ隣には、芝居小屋で有名な二丁町（葺屋町・堺町）がありましたから、芝居見物に行くと言って家を出て、吉原へ行く作戦なのです。

(二) 新吉原へ移転

女郎屋《じょろうや》がここへ来《き》ますと稲《いね》を刈《か》り　天五梅1

前述のように、四十年後に新吉原へ移転します。元吉原は葭の茂る沼地でしたが、新吉原は浅草田圃《たんぼ》と呼ばれた農地の中です。工事の関係者が「女郎屋がここへ来ます」と説明しながら稲を刈って整地をしている光景です。前項の「女郎屋が立ちます……」の句によく似ていますが、五年ほど後に作られた句ですから、意識して作ったかも知れません。

遊廓が新吉原へ移転した後、元吉原には商店が増えたようです。

元吉原《もとよしわら》で如露《じょろ》を買《か》うおとなしさ　三三22

元吉原に遊廓があった頃は、「女郎買《じょろか》い」をしたものだが、いまでは「如露」を買うなんておとなしいものだというのです。

二、吉原へ行く

では、新吉原へはどうやって行ったのでしょうか。日本橋界隈から出発するとしますと、現代なら、東京メトロ銀座線の日本橋駅から浅草駅まで十三分。あとは都営バスで十分もかからずに「吉原大門」に到着します。江戸人はどうしたでしょうか。健脚の江戸人ですから歩いて行った人も多かったと思うのですが、川柳では、舟で行くか駕籠《かご》で行く句が圧倒的です。順番に見て行きましょう。

(一) 舟で行く

舟で行く場合は、柳橋から出て隅田川を北上し、今戸橋から山谷堀へ入ります。

①柳橋

柳橋は、神田川が隅田川に合流するところに架かる橋で、この界隈にある多数の「舟宿」に舟が待機していました。現在でもいくらか当時の風情《ふぜい》が残っています。

柳橋《やなぎばし》弓矢《ゆみや》をつがい待《ま》っている　安七松2

客がつき次第、矢のように飛び出して行けるように待機しています。

口々《くちぐち》に舟《ふね》か〳〵と柳橋《やなぎばし》　一一八36

舟宿の船頭が口々に「舟か舟か」（舟の御用ですか）と客引きをします。

柳橋《やなぎばし》どらやたいこを積《つ》んで出《だ》し　二三30乙

柳橋からは「銅鑼《どら》」や「太鼓《たいこ》」を積んだ音楽舟も出ていたのかと早とちりしてはいけません。これは「どら息子」と、お供の「太鼓持ち」が吉原へ繰り出して行く様子です。

② 舟宿

この舟を仕立てるのが舟宿ですが、吉原との中継基地（中宿《なかやど》）の役割もしたようです。

舟宿《ふなやど》へ内《うち》の律儀《りちぎ》を脱《ぬ》いで行《ゆ》き　一34

舟宿で、普段の律儀な服装から、遊里でもてるような流行の衣装に着替えていきます。あわせて気分も一新、律儀な日常を忘れて遊びの世界に頭を切り替えます。

柳橋《やなぎばし》文《ふみ》を壱本川《いつぽんかわ》へ投《な》げ　安七鶴2

この文は吉原の遊女から遊客へ宛てた手紙です。自宅へ届けるのも差し障りがあるので、舟宿が一時預かりをしているわけで、これも舟宿の役目の一つです。「川へ投げ」は「川に浮かんでいる舟の客へ投げる」の意です。

舟宿《ふなやど》の女房《にようぼ》深《ふか》みへちょいと突《つ》き　拾七8

さて準備ができて出発。舟宿の女房が、お愛想にちょいと舟を突いて出すのが決まりです。この句は、舟を川の岸辺から深い方向へ突いてやったという情景描写が表の意味で、こうした行動で客を遊興の深みへ突き込んでいくというのが裏の意味になっています。

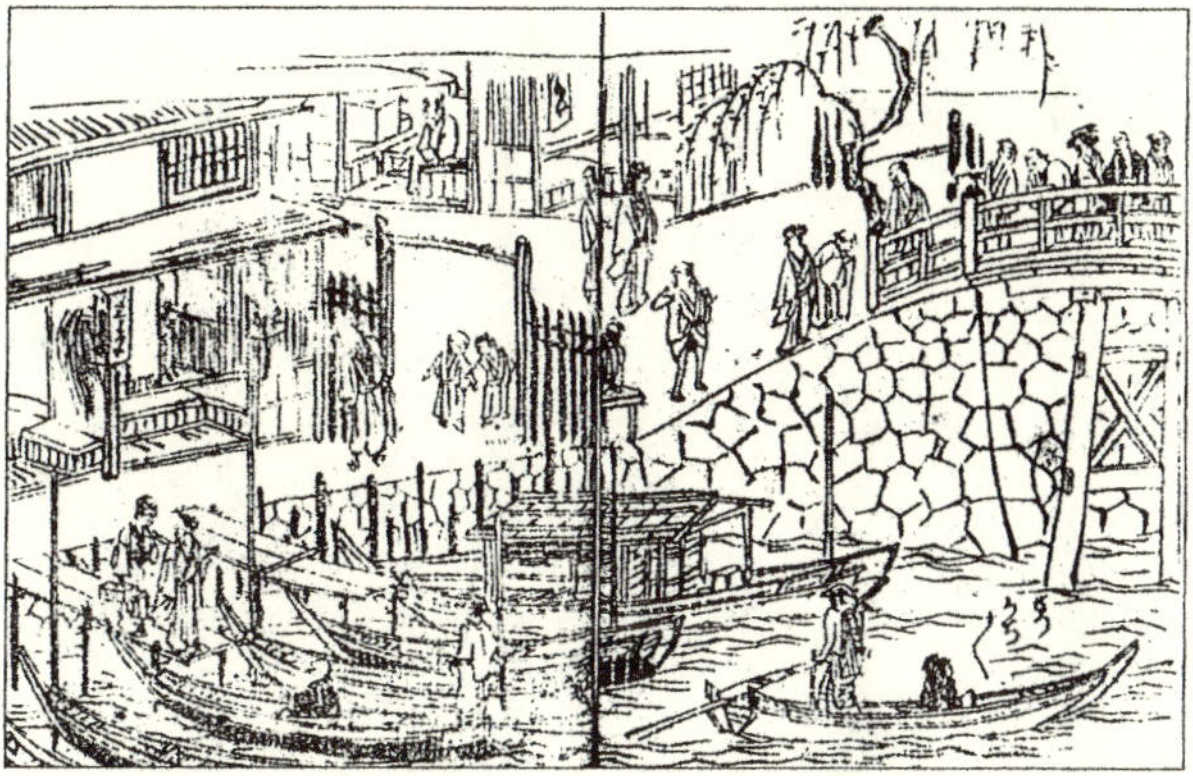

図１　「柳橋と川辺の猪牙舟」《山谷通伏猪の床》『江戸のくらし風俗大事典』より

③ 猪牙舟

吉原通いに使われる舟は「猪牙舟《ちょきぶね》」という、二、三人乗りで、喫水の浅い細身の快速船です。もともと押送り船の「長吉船《ちょうきちぶね》」に由来するもので、形が猪の牙に似ているところから「猪牙」の字を宛てたといわれていますが、川柳作者は、

跡《あと》を見《み》ぬ人《ひと》の乗《の》る故《ゆえ》猪牙《ちょき》という　五41

と勝手に解説しています。吉原通いにうつつを抜かし、後先考えず猪突猛進の人が乗るからというわけです。なるほど当たっているかも知れませんね。

丸丸《まるまる》の中《なか》を矢《や》を射《い》るように漕《こ》ぎ　一四40

舟の往来の多い隅田川の中で、飛び抜けて速い舟です。「吉野丸」「川一丸」などの屋形船がゆっくりと行く間を、矢のように漕ぎ抜けて行きます。
ただし、いいことばかりではありません。

舟底《ふなぞこ》がちいっと水《みず》へ着《つ》いている　安六仁2

といった程度の喫水の浅い舟ですから、不安定でひどく揺れます。乗り慣れないと船酔いをするのですが、それは吉原へあまり行ったことのない証拠ですから、

江戸《えど》っ子《こ》の生《う》まれ損《そこ》ない猪牙《ちょき》に酔《よ》い　六四9

そんな奴は江戸っ子の生まれ損ないだと、川柳作者に馬鹿にされます。江戸っ子ならば、

猪牙《ちょき》の文《ふみ》翩翻《へんぽん》として読《よ》んで行《ゆ》き　一三33

と、舟宿で受け取った遊女の文を風になびかせながら読んで行くという、颯爽《さっそう》たる態度で猪牙を乗りこなさねばなりません。もっとも、そこに到達するには多額の投資が必要です。

猪牙《ちょき》で小便《しょうべん》千両《せんりょう》も捨《す》てた奴《やつ》　一三16

猪牙から小便ができるようになるには、吉原で千両も使うほど通わねばなりません。

④ 隅田川を北上

突《つ》き出《だ》すとくるりと猪牙《ちょき》は北《きた》へ向《む》き　天五義3

柳橋を離れた猪牙舟は、神田川から隅田川に出て、くるりと向きを変え北上します。

上《あ》げ潮《しお》でお仕合《しあ》わせだと柳橋《やなぎばし》　一八10

川の流れに逆らって遡上するのですが、このあたりは隅田川も下流ですから、上げ潮の時は船足が速くなります。「ちょうど上げ潮でお仕合わせでございます」とは、舟宿の女房の言葉でしょう。

柳橋《やなぎばし》から赤《あか》とんぼつきまとい　明六桜1

赤とんぼは、南方からやって来て、日本列島を北上していくのだそうです。従って、柳橋を出て北へ向かう猪牙につきまといながら飛ぶことになります。「柳橋」と「赤とんぼ」の語だけで、吉原へ向かう猪牙を表現したのが技巧の句です。

⑤ 首尾の松

さて、山谷堀へ着くまでの間、隅田川の岸辺にはいろいろな名物が見られます。

十《とお》ばかり水《みず》をこじると松《まつ》になり　一〇1

柳橋を出て十回ほど艪《ろ》を動かすと、左手に松の木が見えてきます。

名木《めいぼく》は米《こめ》の中《なか》から枝《えだ》を出《だ》し　傍三31

このあたりには幕府の御米蔵があり、その四番堀と五番堀の間に大きな松の木があって、

面白《おもしろ》さ首《くび》と尾《お》のある松《まつ》を見《み》る　安六55会

という句があるように「首尾《しゅび》の松《まつ》」という名がついていました。「首尾」は「事の成り行き」で、「首尾が良い」とか「首尾が悪い」とか言います。この松を見て、これから吉原へ向かう者は吉原での首尾が良かれと思い、帰ってくる者は昨晩の首尾を思い出す、ということでしょう。

さばかりの大河《たいが》を松《まつ》は泳《およ》ぎそう　傍三27

首尾の松は、川面に大きく枝を張り出していたようで、大河である隅田川を泳ぎそうだというのです。「さばかりの大河」は、謡曲『頼政』の「さばかりの大河なれども、一騎も流れずこなたの岸に……」の文句の引用です。こういう技巧を「文句取り」といいます。

⑥椎の木

川《かわ》をへだてて名木《めいぼく》は向《む》かい合《あ》い　安四礼1

首尾の松の対岸には、これも名物の椎の木があります。松浦邸（肥前平戸藩の江戸屋敷）の中にありますが、

椎《しい》の木《き》は殿様《とのさま》よりも名《な》が高《たか》し　安七叶1

と、お屋敷の殿様の名前は知らなくても、椎の木屋敷といえば誰でも知っています。

陸《くが》で見《み》ては三文《さんもん》にもならない木《き》　一五40

この椎の木も、陸地で見ては三文の値打ちもないただの椎の木です。吉原へ向かう猪牙の中で見るから心躍るのです。

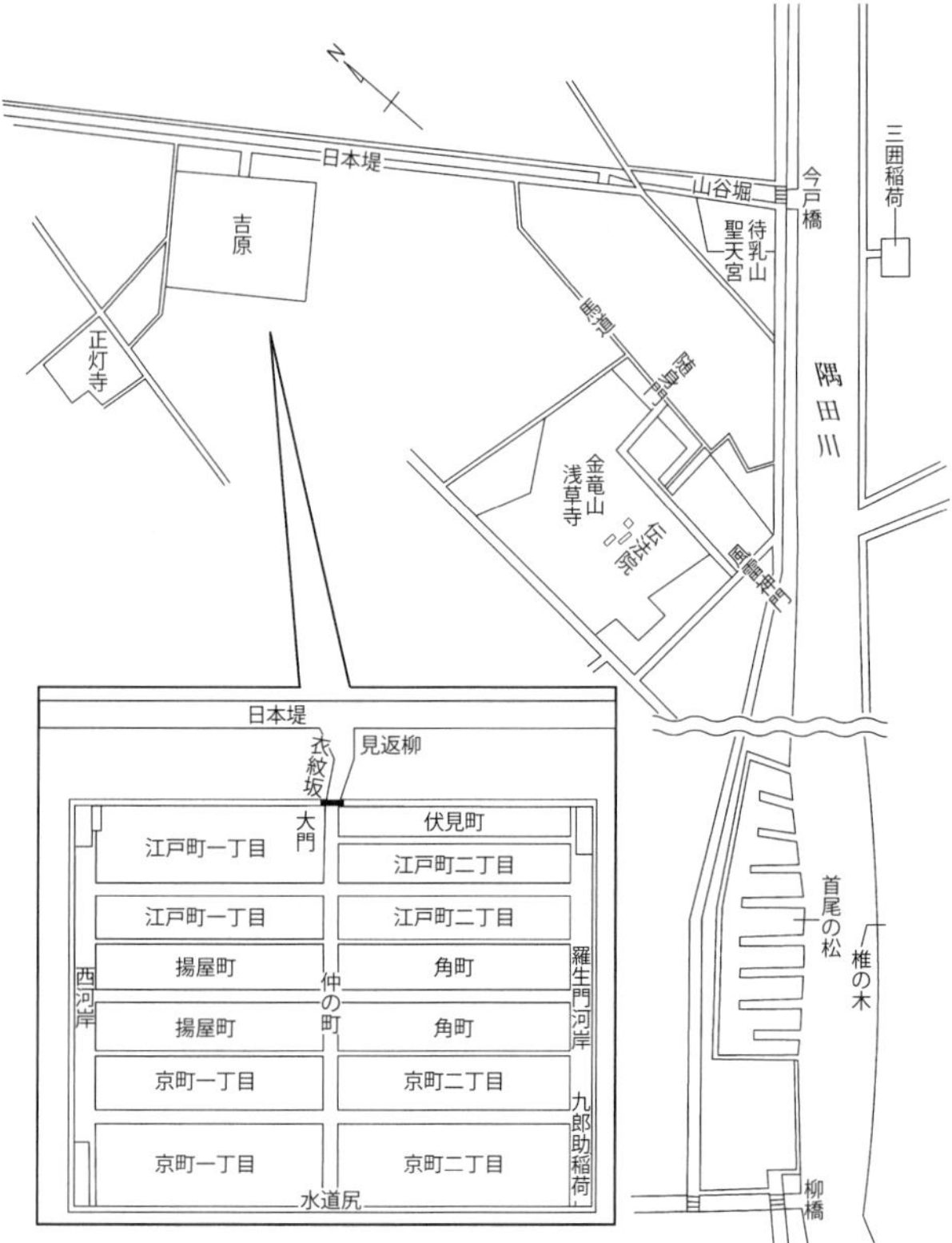
日本堤
吉原
正灯寺
山谷堀
今戸橋
待乳山聖天宮
三囲稲荷
馬道
随身門
金竜山浅草寺
伝法院
風雷神門
隅田川
首尾の松
椎の木
柳橋
日本堤
衣紋坂
見返柳
大門
伏見町
江戸町一丁目
江戸町二丁目
江戸町一丁目
江戸町二丁目
揚屋町
角町
揚屋町
角町
仲の町
西河岸
羅生門河岸
京町一丁目
京町二丁目
九郎助稲荷
京町一丁目
京町二丁目
水道尻

図2　「吉原への道・吉原」

さぞ椎《しい》の実《み》がなろうとは野暮《やぼ》な猪牙《ちょき》　二二9

猪牙の上から、「さぞ椎の実がたくさん生《な》るだろうな」などと、冷静に植物学的観察をしているような野暮な奴は、吉原へ行く資格はありません。

⑦三囲稲荷

松の木と椎の木の間を抜けてさらに遡ると、右手に三囲稲荷《みめぐりいなり》が見えてきます。其角《きかく》が「夕立や田を見めぐりの神ならば」という雨乞いの句を詠んだことで有名な神社です。

土手《どて》へ鳥居《とりい》がめり込《こ》んだように見《み》え　三六33
一《ひと》めぐりほど猪牙《ちょき》からも見《み》えるなり　二三35

舟からは土手に隠れて鳥居の上部だけが見えますから、まるで土手に鳥居がめり込んだようです。いわば「三《み》めぐり」のうちの「一《ひと》めぐり」ぐらいが見えるというのです。

早《はや》い舟鳥居《ふねとりい》より先用《さきよう》は無《な》し　筥一42

三囲稲荷は、猪牙の目的地である山谷堀の対岸に当たりますから、飛ぶように漕いできた猪牙も、もうこの先へ遡上する必要はありません。左折して山谷堀へ入るだけです。

鳥居《とりい》の前《まえ》で取《と》り舵《かじ》の面白《おもしろ》さ　安六宮1

猪牙《ちょき》の尻《しり》鳥居《とりい》へ向《む》くと起《お》こすなり　安五満1

船頭が、鳥居の前で取り舵（船首を左へ回す）を取り、猪牙の尻が鳥居の方へ向くと、「旦那、もうすぐ堀へ着きやす」と、寝ていた客を起こします。

⑧　待乳山聖天宮

隅田川から山谷堀へ左折する角のところに、待乳山聖天宮《まっちやましょうでんぐう》（真土山《まっちやま》とも）があります。

待乳山《まっちやま》今《いま》では猪牙《ちょき》の目《め》あてなり　一九4

待乳山は小高い岡で、昔、本所あたりまで海だった頃は、沖から入港する船の目印になったと『江戸名所図会』にありますが、今では吉原へ行く猪牙の格好の目当てになります。

抱《だ》き付《つ》いてござる真下《ました》へ猪牙《ちょき》を入《い》れ　五六29

吉原《よしわら》の本地《ほんじ》はまこと待乳山《まっちやま》　拾七26

聖天宮のご本尊は「歓喜天」で、象頭人身の二天が「抱き付いてござる」姿です。歓喜天がご本尊なら、「吉原の本地（本地垂迹《ほんじすいじゃく》説による神の本の仏）はまさに待乳山だね」というのです。なるほど。

⑨ 山谷堀へ到着

聖天宮を左手に見て、今戸橋から山谷堀へ入れば終点です。

堀《ほり》へ曲《ま》がるとちょこ〳〵と艪《ろ》を使《つか》い　一八24

狭い堀は猪牙で混雑します。隅田川を目いっぱい漕いで飛ばしてきた船頭も、ちょこちょこと小刻みに艪を動かして、舟の間を岸へ向かいます。

銀煙管《ぎんぎせる》にて下知《げじ》をして堀《ほり》へ着《つ》け　二二17

どら息子が銀煙管で船頭に指図して、馴染みの舟宿に着けさせます。「下知」は、戦の時などに命令を下すこと。息子はすでに臨戦態勢です。

堀《ほり》の茶《ちゃ》は味《あじ》も覚《おぼ》えず飲《の》み残《のこ》し　拾八6

山谷堀にも舟宿があり、遊客は馴染みの舟宿で一服しますが、吉原はもう目と鼻の先。遊客は、出されたお茶の味もわからず、飲み残して早々に吉原へ向かいます。

棒《ぼう》のない提灯《ちょうちん》で行《ゆ》く面白《おもしろ》さ　七34

山谷堀から吉原大門までは日本堤《にほんづつみ》を歩きますが、夜ですから、舟宿の人が提灯を点けて案内してくれます。一般に夜道の案内には、真っ直ぐの棒の先に提灯をつけた「ぶら提灯」を使いますが、舟宿では屋号を書いた「箱提灯」を使いました。この「棒のない提灯」で行く先に、お待ちかねの面白い世界が待っているのです。

(二) 駕籠で行く

さて、今度は陸路を駕籠で行ってみましょう。

吉原《よしわら》へ腕《うで》より肩《かた》で早《はや》く行《ゆ》き　一一26

吉原へ行くのに、「腕」で艪を漕ぐ舟で行くより、「肩」で担ぐ駕籠の方が早く着くというのです。柳橋まで行って舟を仕立てて、山谷堀から土手を歩いて行くよりは、近所から駕籠に乗って大門横づけの方が早いかも知れません。因みに、少し時代は下りますが、天保の頃に書かれた『守貞漫稿《もりさだまんこう》』という本には、柳橋から山谷堀までの猪牙の代金は百四十八文、一方、日本橋あたりから吉原大門までの駕籠代は金二朱（銭なら八百文）ほどだと書いてあります。単純に比較できないかも知れませんが、駕籠の方が相当に高価です。

① 辻駕籠を拾う

暗《くら》がりで目《め》の利《き》くやつは四《よ》つ手《で》なり　安四亀2

駕籠に乗るには駕籠屋から呼べばいいのですが、吉原へ行くのにそれは少々憚《はばか》られる向きは、町中で待機している辻駕籠を使います。吉原行きに利用される辻駕籠は、専ら「四つ手駕籠」で、川柳では「四つ手」と略称します。四本の竹を柱にし、割竹を編んで作って垂れをつけた粗末な駕籠です。

吉原へ行く客はうまくいけば酒手《さかて》（チップ）も期待できます。遠距離客を探すタクシーのようなもので、四つ手の駕籠舁《か》きは暗がりでも客を見分ける目があるのです。

四《よ》つ手《で》駕《かご》くたびれて乗《の》る物《もの》でなし　七20

普通、駕籠はくたびれて乗るものですが、四つ手駕籠はそうではありません。元気いっ

図３　「垂れを上げて吉原へ急ぐ夏の駕籠」《三幅対紫曾我》『江戸のくらし風俗大事典』より

ぱいの連中の乗るものだというのです。

三枚《さんまい》で行《ゆ》く極楽《ごくらく》の面白《おもしろ》さ　三六34

逃《に》げもせぬものを買《か》うのに四枚肩《しまいがた》　明五仁3

普通、駕籠は二人で担ぎますが、急ぐ時は交代要員をつけます。交代要員一人合計三人で担ぐのを「三枚肩」、交代要員二人合計四人で担ぐのを「四枚肩」といいます。

前述の『守貞漫稿』によりますと、駕籠代二朱のところ、三枚肩は三朱、四枚肩は一分（四朱）になったそうです。江戸の物価を現代の価値に換算するのは難しいですが、仮に一両十万円としますと、一分は四分の一両ですから二万五千円になります。交通費だけでも大変な出費ですね。しかもこれは基本料金。後述のように、必ず酒手をねだられます。

前の句の意味は、三枚肩で飛ばして極楽（吉原）へ行くのは面白いねというだけですが、「三枚」が仏教用語の「三昧《さんまい》」に通じて「極楽」と縁語になっているのが趣向です。後の句は読んで字の通りです。逃げもしないものを買うのに何で高い金を出して急いで行くの、とかからうのですが、さてそれが男、それが遊びというものであります。

こいつ野暮《やぼ》先《ま》ず天窓《あたま》から駕《かご》に乗《の》り　一〇九26

値段の交渉がまとまれば駕籠に乗りますが、頭から駕籠に乗り込んで駕籠舁《か》きに「こいつ野暮だな」などと軽蔑されないように注意しましょう。まず先に腰を下ろしてそれから頭をくぐらせる。これがスマートな乗り方です。

②浅草寺を抜け大門へ

坂東《ばんどう》の十三番《じゅうさんばん》を四《よ》つ手抜《でぬ》け　一二37

さて出発。猪牙舟と違って、駕籠は地面の上を駆けるわけですから、どんなルートを通っても良さそうなものですが、川柳では、浅草寺境内を通り抜けて馬道へ入り、日本堤に突き当たって土手八丁を大門まで走ることになっています。この句の「坂東の十三番」とは、「坂東三十三観音」の第十三番札所すなわち浅草寺のことです。

息杖《いきづえ》の音《おと》で神鳴門《かみなりもん》と知《し》れ　宝11義2

息杖は、駕籠舁きが持っている杖です。雷門から浅草寺の石畳の道に入って、息杖が地面に当たる音が、カチカチと固い音に変わったのでしょう。それで駕籠が雷門に入ったと乗客にわかったのです。

駕舁《かごかき》は伝法院《でんぼういん》へ尻《しり》を向《む》け　安元義5
裏門《うらもん》を左《ひだり》々《ひだり》と行《ゆ》けばよし　一三27

雷門を入ってまっすぐ本堂へ向かって走ると、左手に伝法院があります。この伝法院に尻を向ける、すなわち右に向かって走ると裏門（随身門）です。裏門を出たら左へ曲がって馬道を行く。日本堤に突き当たったらまた左へ曲がって土手八丁を走り、見返り柳のところでまた左へ曲がって衣紋坂《えもんざか》を下ると大門に着きます。とにかく左へ左へと行けばよしと。

馬道《うまみち》を勇《いさ》んで通《とお》る四《よ》つ手駕《でかご》　三七38

馬道へ出れば、後は土手まで勇んで走ります。「馬」と「勇む」が縁語です。

破竹《はちく》の勢《いきお》いで四《よ》つ手《で》土手《どて》を駆《か》け　拾四27

土手まで来ればもうあと僅かですから、破竹の勢いで土手を駆けます。

飛《と》ぶよと見《み》えしがたちまちに大門《おおもん》　五二26

飛ぶように駆ける四つ手が、たちまちに大門に到着したというのです。謡曲『道成寺』の「竜頭に手をかけ飛ぶとぞみえし」のもじりが趣向の句です。

③　酒手

四《よ》つ手駕《でかご》命《いのち》の有《あ》りったけは駆《か》け　安四松2

という句があるように、四つ手は吉原めざしてぶっ飛ばしてくれますが、すべてがそうだとは限りません。

遅《おく》れ先立《さきだ》つも酒手《さかて》次第《しだい》なり　安六満1

早いか遅いかは酒手次第なのです。普通の決まり値段しか払わないようでは、

四《よ》つ手駕《でかご》淋《さび》しく駆《か》ける定《じょう》値段《ねだん》　一一14

というわけで、さびしくノロノロと行くことになります。

もちろん駕籠に乗る前に交渉して、お互いに納得した値段で乗ったはずなのですが、

約束《やくそく》をじきに違《ちが》える四《よ》つ手駕《でかご》　安七礼3

そんな約束を守るような柔な駕籠舁きではありません。陰に陽に行動を起こします。

棒組《ぼうぐ》みやおよらぬうちに願《ねが》やれな　一八22

「棒組み」は相棒のこと。「およる」は「寝る」の尊敬語。駕籠舁きが、客の様子を窺いながら「相棒や、お客様がお休みになる前に、そろそろお願いしろや」などと聞こえよがしに言います。聞こえないふりをしていると、

馬道《うまみち》で先棒少《さきぼうすこ》しねれけだし　天二礼2

馬道あたりで少しノロノロし始めたりします。もし雨で道がぬかるんでいたりすると、

旦那《だんな》もしいっそ沼《ぬま》だとゆするなり　拾七17

こりゃ川《かわ》だなぞと棒組《ぼうぐ》み大層《たいそう》さ　七42

まるで沼みたいだの川みたいだのとご大層な騒ぎようです。「ゆする」は「駕籠を揺《ゆ》する」

のか「客を強請《ゆす》る」のか。恐らく両義が掛かっているのでしょう。

日本《にっぽん》の地《ち》へ踏《ふ》み込《こ》むと酒手《さかて》なり　傍三31
三分一土手《さんぶいちどて》を残《のこ》してねだるなり　一二23

日本堤（土手）まで来れば、大門まであと僅か。心急《せ》く客の心理につけこんで、最後のチャンスとばかりにおねだりをします。

これだけ頑張っても酒手にありつけないこともあるでしょう。そんな時の駕籠舁きの捨て台詞《ぜりふ》を詠んだ句があります。

振《ふ》られる質《たち》だのと四《よ》つ手《で》あとで言《い》い　一九19

「ケチな野郎だ。ありゃあ吉原で振られる質だの」と。まことにごもっとも。酒手を渋るような輩《やから》は、吉原ではもてません。

(三) 託《かこつ》けの吉原

さて、ここまで吉原へ行く「交通手段」の句をご紹介してきましたが、今度は身内を騙してうまく吉原へ行く「口実」の句をご紹介しましょう。

遊廓に関する感覚が、現代とはかなり違っていたと思われる江戸時代でも、女房や親に堂々と「吉原へ行ってくる」とは言いづらいものがあったでしょう。そこで何か別の用事に託《かこつ》けて（口実にして）出かける。あるいは用事のついでに吉原へ寄る。そういう男の苦肉の作戦を詠んだ川柳がたくさんあります。

本当に用事があって、それが終わってから吉原へ向かう場合もあれば、まるっきり口実で吉原へ直行する場合もある。あるいは、家を出る時は口実のつもりではなかったのだが、吉原の近くへ来てその気になる場合もある。さらには、一緒に行った仲間に強く誘われて思いがけなく行く場合もある。このあたりは混然として必ずしも正確に分類できない句もあるのですが、ひっくるめて「託けの吉原」の句としてご紹介することにします。

① 葬式から

さあ事《こと》だ寺《てら》は山谷《さんや》で七《なな》つ過《す》ぎ　五八2

さあ大変だ。葬式の行われるお寺は山谷にあり、葬式の時刻は七つ（午後四時）過ぎだというのです。山谷は日本堤の北側あたりの地名でお寺が多いところですが、吉原は目と鼻の先。まして吉原の夜見世《よみせ》が始まる暮六つ（午後六時）間近という絶好の条件が揃った葬式です。どら息子でなくても「さあ事だ！　葬式の後は……」と色めき立つはずです。

人《ひと》の憂《うれ》いを喜《よろこ》んで息子《むすこ》出《で》る　三一22

このどら息子、ご不幸のあった家族の憂いにはまったく心及ばず、葬式という口実ができたことに喜び勇んで出かけます。「人の憂いを喜ぶ」というのが可笑しいですね。

弔《とむら》いの頭《あたま》にしては光《ひか》りすぎ　六2

この輩もすっかりその気で、葬式に行く頭にしてはきんきんに調髪済みです。

施主《せしゅ》が聞《き》いてるに行《い》こうの行《い》くまいの　一三5

葬式の席でも、専ら吉原行きの相談に熱中します。施主（喪主）に聞こえるような場所で、「行こう」とか「行くまい」とか。不謹慎なことです。

帳面《ちょうめん》へ付《つ》けてくんなと息子《むすこ》それ　傍四10

それでも参列するのはまだましな方。この息子は「帳面（芳名録）に付けといてくんな」と仲間に代筆を頼んで、自分はさっさと吉原へ逸《そ》れて行ってしまうのです。完全託《かこつ》けです。

生長《なまなが》い経《きよう》であったと土手《どて》で言《い》い　七20

「いやに長いお経でしたな。さっさと終わってくれれば、もう少し早く来られたのに」など罰当《ばち》たりな会話をしながら、土手を大門へ急ぎます。

② 花見から

高声《たかごえ》で花見《はなみ》〳〵と誘《さそ》うなり　安元松4

悪友が花見の誘いに来たのですが、家の人に聞こえるようにわざわざ大きな声で「花見、花見」と強調するのは、言うまでもなく吉原行きをカムフラージュするためです。

花見《はなみ》連《づ》れ文殊楼《もんじゆろう》から知恵《ちえ》を出《だ》し　九七25

花見の名所と言えば、まず第一に上野・寛永寺。文殊楼は、寛永寺境内にある文殊菩薩像を安置する楼閣です。花見に連れ立ってきた連中が、文殊楼あたりで吉原行きの悪知恵を出すというのですが、諺「三人寄れば文殊の知恵」を利かせたところが趣向の句です。

花《はな》の山入相《やまいりあい》を待《ま》つとんだ事《こと》　安四宮2

「入相」は日没のこと。花見の時に日没で帰らねばならないのは残念なはずなのですが、ここに日没を待ちかねている連中がいる。理由は言わずもがな。とんだ事であります。

面白《おもしろ》さ桜《さくら》の下《した》で行《ゆ》き暮《く》れる　安九宮3

桜の下を歩いているうちに日が暮れた。さあ、これから面白い事が始まるぞという、前の句と同じような光景なのですが、平忠度《ただのり》の和歌「行き暮れて木の下蔭を宿とせば花や今宵の主ならまし」を踏まえているのが趣向です。

おれは〳〵とばかり聟花《むこはな》の山《やま》　拾五3

川柳では、入り聟は女房が怖くて遊里へは行かないことになっています。この句の場合も「おれは、おれは帰る」と、花見からの吉原行きを拒絶するというのです。もちろん「これは〳〵とばかり花の吉野山」（安原貞室）のもじりです。

③ 正灯寺の紅葉から

禅寺《ぜんでら》はいい方角《ほうがく》の紅葉《もみじ》なり　一七29

ここで「禅寺」は、台東区竜泉に現存する「正灯寺《しょうとうじ》」（臨済宗）のことで、紅葉で有名でした。吉原遊廓のすぐ裏手ですから、紅葉見物を口実に吉原へ行くにはいい方角にあるというわけです。ただし、川柳では、品川遊廓へ行く時は「海晏寺《かいあんじ》」（曹洞宗）の紅葉を口実に使うことになっていますから、この句は両方のお寺を詠んだ句かも知れません。

正灯寺《しょうとうじ》おっと皆《みな》まで宣《のたも》うな　傍二33

悪友同士の会話です。「どうだい、正灯寺の紅葉見て……」「おっと、皆まで言うな。わかってるわかってる」。

吉原《よしわら》は紅葉《もみじ》踏《ふ》み分《わ》け行《ゆ》く所《ところ》　七36

正灯寺の紅葉を踏んで吉原へ。「奥山に紅葉ふみ分け鳴く鹿の声聞くときぞ秋はかなしき」（猿丸太夫）の文句取りです。

この連中、紅葉見物と称して家を出たものの、もとより風流心なぞあらばこそ。

二三服紅葉《にさんぷくもみじ》でのんでちょうどよし　玉16

時間調整のため、煙草を吸いに立ち寄るのはまだましな方で、

さあここが紅葉《もみじ》だ見《み》ても見《み》ないでも　天八10 5

お寺の前で「見ても見ないでも、どっちでもいいじゃないか」と気乗り薄だったり、

正灯寺《しょうとうじ》なに枯《か》れっ葉《ぱ》とすぐ通《とお》り　六38

「なに、たかが枯れっ葉じゃないか」などと言って、通過してしまう輩もいます。

見《み》る人《ひと》の無《な》いが紅葉《もみじ》の名所《めいしょ》なり　一一4

結局、見る人のいないところが紅葉の名所になってるね、と。川柳作者の大いなる皮肉です。

④ 蹴鞠から

鞠垣《まりがき》を目当《めあ》てに四《よ》つ手《で》四《し》挺《ちょう》来《く》る　安九仁2

鞠垣は蹴鞠をする庭を囲む垣のことで、これを目当てに四つ手駕籠が四挺やってきます。蹴鞠をやっている四人がまもなく吉原へ繰り込むだろうと目論んでいるのです。

蹴鞠は古代からある雅《みやび》な遊戯ですが、江戸時代の庶民の間でも結構盛んだったようです。四人、六人、八人で行うもののようですが、川柳では専ら四人が集まって、

四人寄《よったりよ》るとけしからぬ悪《わる》い知恵《ちえ》　傍四9

と、たちまち吉原行きの話がまとまることになっています。

なんで気《き》が急《せ》くやら鞠《まり》を度々《どど》落《お》とし　安四義3

話が決まれば気もそぞろで、鞠を何度か落としたりします。

公家《くげ》の真似《まね》している所《とこ》へたいこ来《く》る　安九仁1

そうこうしていると、話を聞きつけた馴染みの太鼓持ちもやって来る有様で、そうなれ

ばもう蹴鞠どころではなく、

行《ゆ》くべし〳〵と沓《くつ》を脱《ぬ》ぎ放《はな》し　傍一32

「行くべし、行くべし」と蹴鞠沓を脱いで、吉原行きの支度です。

柳橋鞠《やなぎばしまり》の崩《くず》れの弐艘《にそう》なり　八31

鞠場からは、前掲の句のように集まってきた四つ手でも行けますが、柳橋から猪牙二艘に分乗して行くのもいいでしょう。いずれにしても、

鞠場《まりば》から衣紋流《えもんなが》しの面白《おもしろ》さ　五六1

と、衣紋坂（22頁図2参照）を下りれば、面白い世界が待っています。因みに「衣紋流し」は、曲鞠《きよくまり》の一つで、身体をかがめ、鞠を一方の袖に乗せて、後ろ襟《えり》から転がして他方の袖の上に渡らせる技だそうです。こういう特殊な言葉を知っていて、蹴鞠と吉原を結びつけた句に忍び込ませるのが、川柳作家の腕の見せ所です。

⑤謡講から

北流《きたりゆう》の謡講《うたいこう》さと息子《むすこ》言《い》い　四三16

「謡講《うたいこう》」は、同好者が集まって謡曲を習う会ですが、吉原へ行く格好の口実になります。この句のどら息子は正直に告白しています。「俺の習っているのは、喜多流ではなく、北流すなわち北方にある吉原（北国《ほっこく》）へ行く流儀だ」と。

親《おや》たちを内百番《うちひやくばん》でだますなり　二二2

親には「謡曲の練習に行ってきます」と殊勝に言いますから、すっかり騙されてしまいます。「内百番」は、謡本刊行の時にポピュラーな曲として選ばれた百番を言います。

また俺《おれ》を売《う》りてんげりと謡《うたい》の師《し》　一〇9

謡の師匠が気がついて「また俺を口実に使ったたな」などと怒っています。「〜てんげり」は、謡曲によく出てくる「〜したことだ」の強調表現です。

告《つ》げ口《くち》をするで不如意《ふによい》な謡《うたい》の師《し》　一一17

口実に使えるから謡講が流行っているのかも知れません。この謡の師匠は、弟子たちが吉原へ行くことを親に告げ口をするので、商売あがったりになったというのです。

謡講不参《うたいこうふさん》の分《ぶん》は猪牙《ちょき》に乗《の》り　四38

謡講の終わった後で吉原へ向かうならまだしも、この御仁は謡講に参加せず、柳橋へ直行して猪牙に乗ったようです。

北流《きたりゅう》へ行《ゆ》くに観世《かんぜ》を通《とお》り抜《ぬ》け　九二20

かと思えば、こちらは陸路吉原へ。「北流」は前述の通り「喜多流」をもじった「北国」（吉原）のこと、「観世」は「観世流」をもじった「観世音」すなわち「浅草寺」のことで、謡曲の二流をちりばめたところが技巧です。

⑥　真崎稲荷から

真先《まっさき》はここまで来《き》てという所《ところ》　一二18

真崎稲荷《まっさきいなり》（真先稲荷とも）は、現在の荒川区南千住三丁目あたりの隅田川畔にあった稲荷神社です。日本橋方面から見れば、吉原を越えてなお北方に位置します。「ここまで来たなら、吉原へ寄らない法はない」というのは、当然の成り行きです。

余儀《よぎ》も無《な》いこと真先《まつさき》で日《ひ》が暮《く》れる　一五20

真崎稲荷を参詣しているうちに、日が暮れてしまった。まことにやむを得ない次第で、吉原に一泊しようというのです。「余儀も無い」などと言ってはいますが、予定通りの行動であることミエミエです。

相談《そうだん》が出来《でき》て田楽《でんがく》せつくなり　拾六30

真崎稲荷では境内にある茶屋の豆腐田楽が有名でした。名物の田楽を食べているうちに、吉原行きの相談がまとまった連中が、「そうと決まれば、早速繰り込もう。親父、田楽を早くしてくれ」とせつくのです。

お出《いで》ならまだお早《はや》いと甲子屋《きのえねや》　明四仁3

甲子屋は境内の茶屋の中で最も有名な田楽屋です。吉原へ流れる連中を扱うのも手慣れたもので、「吉原へおいでなら、まだお早うございますよ」などとアドバイスします。

年寄《としより》が行《ゆ》くと真崎近《まつさきちか》い所《とこ》　明六梅2

前述のように健脚の江戸人でも真崎稲荷はかなり遠方です。それなのに年寄りが行くと近いところだとはどういうことでしょうか。答えは簡単。年寄りならどこへも寄らず真っすぐ日帰りですが、若い者は一泊二日の場所に立ち寄るのです。おわかりですね！

三、吉原の街並み

吉原は、総面積約二万七百坪。やや長方形をした区画は黒板塀に囲まれ、塀の外側には「お歯黒どぶ」と呼ばれた幅二間の大溝がありました。文字通りの「廓」で、出入り口は「大門」のみです。では土手八丁から大門へ向かうことにしましょう。

(二) 廓外

① 衣紋坂

帰《かえ》りには要《い》らぬ地名《ちめい》の衣紋坂《えもんざか》　一一二8

衣紋坂は、日本堤から大門方面へ下る坂道です。遊客が吉原でもてようと衣紋をつくろうところから、こういう名前がついたと言われています。そうならば帰りには要らない地名だねと屁理屈をこねた句です。

舟《ふね》と陸《くが》割《わ》れても末《すえ》に衣紋坂《えもんざか》　明六義2

前述のように、吉原へ入るには大門をくぐるしかなく、どんなルートでやってきても、衣紋坂を下りなければなりません。ですからこの句も、舟と陸すなわち猪牙と四つ手とに割れた遊客も、いずれこの衣紋坂で合流することになるというのですが、百人一首でおなじみの「瀬をはやみ岩にせかるゝ滝川のわれてもすえにあはむとぞおもふ」(崇徳院)の文句取りになっているのが手柄です。

もてた奴《やつ》ばかり見返《みかえ》る柳《やなぎ》なり　六二10

衣紋坂の角に「見返り柳」がありました。帰途についた遊客が、この柳のあたりで名残を惜しんで廓を見返るというのです。しかし、遊客の中には、遊女に振られて憤懣《ふんまん》やるかたなく、見返るのも癪《しやく》だという気分の御仁もいたでしょうから、見返って名残を惜しむのは昨晩もてた奴ばかりだろうというのが、川柳作者の見解です。

②大門

大門《おおもん》をそっと覗《のぞ》いて娑婆《しやば》を見《み》る　初16

「大門」は娑婆と別世界との境界です。大門を入ると、そこは遊客には極楽ですが、遊女にとっては地獄でしょう。自由な娑婆を大門からそっと覗いている遊女の様子です。

大門《おおもん》へ駆《か》け込《こ》みそうにして降《お》ろし　安四満2

吉原は、医者以外は駕籠に乗ったまま入ることができませんでした。ですから、大門へ駆け込みそうな勢いでやって来た四つ手駕籠も、大門の手前で客を降ろします。

門番《もんばん》にさえ通《とお》り名《な》を付《つ》けるなり　二〇12

大門を入ってすぐ右脇に会所があり、俗に「四郎兵衛《しろべえ》」と呼ばれる番人がいて、遊女が逃げないよう見張っていました。この句は、吉原は、遊女が源氏名を付けたり、遊客が表《ひょう》徳《とく》（雅号）を付けたりして、本名以外の通り名（通称）を付けるところだから、門番まで「四郎兵衛」と通り名を付けるのだというのです。

(二) 廓内

大門を入ると、そこが花の吉原です。
大門から廓の中央を真っ直ぐに伸びる大通りが「仲の町《なかのちょう》」で、通りの左右に引手茶屋が並び、突き当たりが「水道尻《すいどうじり》」です。仲の町の右側に江戸町《えどちょう》一丁目、揚屋町《あげやまち》、京町《きょうまち》一丁目があり、その裏側が「西河岸《にしがし》」です。左側には、伏見町《ふしみちょう》、江戸町《えどちょう》二丁目、角町《すみちょう》、京町二丁目があり、その裏側が「羅生門河岸《らしょうもんがし》」です。このうち、江戸町一・二丁目、京町一・二丁目、角町の五町が元吉原時代からある町名で、まとめて「五丁町《ごちょうまち》」と言い、新吉原になって町名が増えてからも吉原の代名詞になっています。

紫《むらさき》と紅《もみ》ばかりある五丁町《ごちょうまち》　一六35

紫は江戸紫、紅は京紅です。つまり江戸町と京町はあるが、大坂町がないというのです。

五丁町孝と不孝の雑魚寝なり《ごちょうまちこうとふこうのざこね》　五五28

親孝行で身売りした遊女と、道楽を尽くす親不孝のどら息子が一緒に寝る町です。

①仲の町

吉原《よしわら》の背骨《せぼね》のような仲《なか》の町《ちょう》　三〇2

吉原の中央を通る仲の町は、吉原の背骨のようだというのです。左右に張り出している数本の表通りは、さしずめ肋骨《ろっこつ》ということになりましょうか。

仲《なか》の町《ちょう》忌《き》中《ちゅう》の札《ふだ》の無《な》いばかり　二五21

仲の町の左右両側に並ぶ引手茶屋に、鬼簾《おにすだれ》が掛けてあったそうです。江戸時代、忌中の時には細い篠竹で編んだ鬼簾を掛け、忌中札を下げる習慣になっていましたから、「忌中札がないだけで、まるで忌中みたいに鬼簾が掛かっている」というのです。また、

極楽《ごくらく》の左右《さゆう》に並《なら》ぶ鬼簾《おにすだれ》　七七35

という句もありますが、これは、「極楽」（吉原）の中央通りの左右に、地獄の象徴の「鬼」簾が掛かっている、変な取り合わせだねえという意味でしょう。

② 江戸町

江《え》戸《ど》町《ちよう》へ戻《もど》れば初手《しよて》の顔《かお》はなし　二13

江戸町は、大門を入ってすぐの場所にあります。遊客が、まず江戸町で「あの遊女を揚げよう」と見立てておいて、さらに他の妓楼《ぎろう》の張見世を一回り物色した後に、最初の江戸町の妓楼に戻ってみたら、お目当ての遊女は他の客に揚げられてしまっていたのです。

江《え》戸《ど》町《ちよう》で売《う》り切《き》って行《ゆ》く初松魚《はつがつお》　三三24

吉原へやって来た初鰹（松魚）売りは、江戸町で全部売り切ってしまうというのです。江戸町は吉原の一等地で大見世の多いところですから、高価な初鰹もよく売れるのは当然という理屈になりますが、この句の主眼は「江戸」にあります。なんてったって初鰹は「江戸」のもの、「京町」や「伏見町」なんかで売れるもんかい、というのです。

③ 伏見町

雨《あま》だれに追《お》い回《まわ》さるる伏見町《ふしみちょう》　拾六17

伏見町は、寛文年間（一六六一〜七三）に江戸中の非公認売女を集めて、江戸町二丁目地内に堺町（後に廃絶）と共に開設した町です。江戸町二丁目の年寄りに伏見出身の人が多かったことからの命名だそうですが、道路も狭く品の落ちる小見世が多かったようです。雨降りに伏見町の狭い道を歩くと、両側の軒から落ちる雨だれに追い回されることになるわけです。

ひしこ売《う》り伏見町《ふしみちょう》から河岸《かし》へ抜《ぬ》け　一九9

ひしこはカタクチイワシ。初鰹が売り切れるような江戸町では売れない下直《げじき》な魚ですから、小見世の多い伏見町経由で羅生門河岸《らしょうもんがし》へ売りに行くのです。

④ 角町

中《なか》ほどにあって角町《すみちょう》これいかに　六八24

角町は、江戸町二丁目と京町二丁目の間にあります。たしかに吉原の中ほどにあるわけで、それを「角町」とはこれいかに、というのももっともではあります。しかし、角町は、元吉原時代に京橋角町の遊女屋が移転してきた町名で、新吉原でもこれを引き継いだものだそうですから、まあ仕方ありませんね。

角町《すみちょう》はなお〳〵書《がき》に見物《けんぶつ》し　拾六11

「尚尚書《なおなおがき》」は、手紙で書き忘れたことを、後から付け足して書き加えることです。この句は、吉原見物は江戸町・京町が中心で、角町は付け足し程度に見物するところだねというのです。あまり有名な妓楼はなかったのでしょう。

⑤揚屋町

紫《むらさき》と鹿《か》の子《こ》を仕切《しき》る揚屋町《あげやまち》　一三10

「揚屋」は、遊客が遊女屋から遊女を呼んで遊興する店のことです。新吉原に移ってから、廓内に散在していた揚屋を一町にまとめたのが揚屋町ですが、川柳の時代には揚屋はほとんど姿を消していたようです。この句は、揚屋町が江戸町一丁目と京町一丁目の間に位置することを、紫（江戸紫）と鹿の子（京鹿の子）を仕切っていると表現したものです。

通《かよ》いけり江戸《えど》中《じゅう》の猫《ねこ》揚屋町《あげやまち》　拾八15

この句は、宝井其角《たからいきかく》の「京町の猫通ひけり揚屋町」を下敷きにした句です。其角は京町の猫が揚屋町に通うと詠んだけれど、江戸中の猫が揚屋町へ通っているよというのです。「猫」には「色男」の意味もあるようで、この句の猫もそういう意味でしょうか。

⑥京町

京町《きょうまち》へ来《く》る鬼灯《ほおずき》は選《え》り残《のこ》り　一27

京町は吉原の一番奥にあります。大門から入ってきた鬼灯売りが、商売をしながら京町へやってきた頃には、選り残りの鬼灯だけになってしまいます。

京町《きょうまち》の鏡《かがみ》を歩《ある》く田草取《たくさと》り　拾八11

前述のように京町は吉原の一番端ですから、二階からは吉原田圃が一望で、田圃で田の草取りをする農夫が遊女の鏡に映るのです。遊廓らしからぬ景色ですね。

⑦ 河岸

吉原遊廓の東西の端にある裏通りは「河岸」と呼ばれて、小見世の他に「河岸見世」という最下級の遊女屋がありました。河岸見世は、いわゆる「切見世《きりみせ》」で、時間制で「一切り百文」で遊興するシステムです。長屋を襖《ふすま》で仕切っただけの部屋で客を取ったそうですから、同じ吉原でもある意味で「別世界」でありましょう。

《羅生門河岸》

羅生門《らしょうもん》腕《うで》を抜《ぬ》かれるかと思《おも》い　六五29

東側の河岸は「羅生門河岸」と呼ばれていたようです。「茨木屋」という小見世があり、客の腕を捕まえて強引な客引きをしたことから、「羅生門」で渡辺綱が茨木童子という鬼の腕を切り落としたという物語を連想しての命名と言われています。川柳もこの「腕」がらみの句が多く、この句も遊女から「遊んで行きな」と腕が抜けるかと思うほど引っぱられた、さすが羅生門河岸だわい、というのです。

金札《きんさつ》をたてそうな所《とこ》たった百《ひゃく》　一八41

羅生門の鬼を確かめに行った渡辺綱が証拠の札を立てるという物語を踏まえて、名前からして金札を立てそうなところだが、遊び代はたった百文という所はどこ？　という謎句です。答えは羅生門河岸です。

《西河岸》

西河岸《にしがし》はおさらばを二度《にど》する所《ところ》　四六20

羅生門河岸の反対側、西側の河岸は「西河岸」です。西河岸からは、田圃の道を帰っていく遊客の姿が見えるので、手を振ったりして二度目の暇乞いをするというのでしょう。平屋の切見世からは塀があって見えないでしょうから、二階建ての小見世の句でしょうか。

西河岸《にしがし》の下卑《げび》は土器色《かわらけいろ》を干《ほ》し　傍五15

土器色は、黄色の黒ずんだ色です。西河岸の遊女が腰巻でも干しているのでしょう。使い古して土器色に変色してしまったのです。元は白かったのでしょうか。それとも緋縮緬《ひぢりめん》だったのでしょうか。

第二章　〝ありんす国〟の人々——遊女と遣り手と太鼓持ちと

一、遊女とその予備軍たち

(一)遊女の階級

呼《よ》び出《だ》しは恥《は》ずかしくなく売《う》れ残《のこ》り　一七21

遊女の階級は時代によって変遷があるのですが、川柳の時代(明和以後)では、「昼三《ちゅうさん》」と呼ばれる階級がトップで、中でも「呼び出し」の肩書がついた昼三が最高位だったようです。この「呼び出し」は、茶屋を通して揚げますから、張見世には出ず、妓楼の二階で茶屋から声が掛かるのを待つことになります。従って、もし売れ残っても、張見世で衆人に見られることはありませんから、恥ずかしい思いをしなくてもいいというのです。

極上《ごくじょう》の遊女《ゆうじょ》二階《にかい》で御茶《おちゃ》を引《ひ》き　一三六15

一《いち》の人《ひと》二階《にかい》の上《うえ》で売《う》れ残《のこ》り　一七30

この二句もほぼ同じ句意ですが、「極上」だの「一の人」だのという表現がありますので、二階にいる「呼び出し」が最高級だとされていたことがわかります。肩書のない「平の昼三」も高級遊女であることには変わりありません。

昼三《ちゅうさん》は保養《ほよう》にはちと大《おお》き過《す》ぎ　拾六26

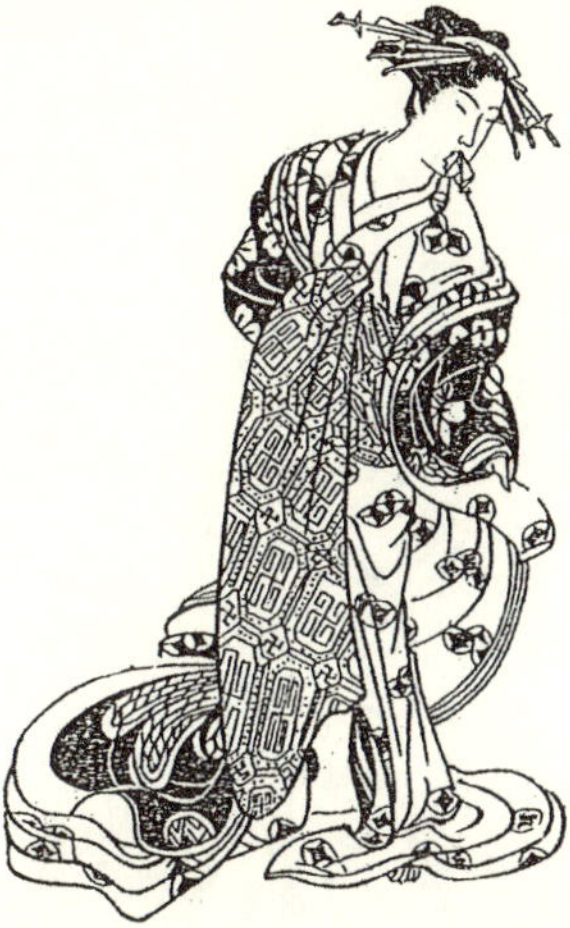

図４　「うちかけ姿の花魁」《客衆肝照子》『江戸のくらし風俗大事典』より

「昼三」の揚げ代は昼夜共に三分ですから、おいそれと買える遊女ではありません。保養のために女郎買いをすると言っても、昼三はちょっと大き過ぎるというのです。

美《うつく》しいはず壱両《いちりょう》が壱分《いちぶ》抜《ぬ》け　一三7

値《ね》は三分外《さんぶほか》を比《くら》べてごろうじろ　八一36

一両は四分ですから、一分抜ければ三分。これだけの揚げ代を払うのですから美しいはずです。外の遊女と比べてご覧なさい！

三分《さんぶ》だけ格別痛《かくべついた》いつめりよう　一九ス8

三分《さんぶ》だけまた格別《かくべつ》な嘘《うそ》をつき　傍二2

昼三《ちゆうさん》を初《はじ》めて買《か》ってくたびれる　安元義3

言われてみれば、確かに三分払っただけのことはあって、つめられれば（つねられれば）格別痛いような気がするし、嘘も格別に面白い。でも、昼三を相手にすると緊張してくたびれるよ、というのが客の感想です。「つめる」は現代語の「つねる」に同じで愛情表現です。

「付《つ》け廻《まわ》し」という階級もあったようです。

三分《さんぶ》にちっと毛《け》の足《た》らぬ付《つ》け廻《まわ》し　筥一34

「細見《さいけん》」（吉原案内書）を見ますと、揚げ代「二分付け廻し」の遊女がいますが、準昼三という地位のようで、「三分にちょっとだけ足りない。ほぼ同じ」というのが句意です。

次は一分女郎です。


交見世《まじりみせ》壱分《いちぶ》うやうやしく居《すわ》り　二三20

「交見世」は大見世と小見世の中間の「中見世」のことで、一分女郎がうやうやしく座っているというのです。大見世では、

昼三《ちゆうさん》の右《みぎ》や左《ひだり》は壱分《いちぶ》なり　傍三36

と、一分女郎などは「その他大勢」扱いなのですが、中見世の一分女郎は高妓《こうぎ》の部類ですから、有り難そうに座っているねとからかった句です。

最下級は二朱女郎です。


弐朱《にしゆ》の座《ざ》にこそ直《なお》りけれ獅子《しし》っ鼻《ぱな》　八九15

二朱女郎の座に座るのは獅子っ鼻の醜い女郎だというのですが、長唄の「獅子物」の末尾の文句「獅子の座にこそ直りけれ」の文句取りが趣向です。

次に「座敷持ち」という身分があります。自分の部屋のほかに座敷を持っている遊女で

すから、上等の部類だと思うのですが、川柳では妙にからかった句が目につきます。

座敷持《ざしきも》ち贋探幽《にせたんゆう》を掛《か》けておき　二一4
座敷持《ざしきも》ち琴《こと》はああして置《お》くばかり　一〇29
座敷持《ざしきも》ち打《う》たねど持《も》ちしこの鼓《つづみ》　安二桜3

壁に掛けた狩野探幽の絵は贋物《にせもの》だし、琴や鼓も飾ってあるけれど演奏できません。座敷持ちの下に「部屋持ち」がいます。これは自分の部屋だけ持っている身分です。

部屋持《へやも》ちの細《ほそ》い日向《ひなた》に桜草《さくらそう》　三四24

部屋持ちは、座敷持ちよりは一段落ちる部屋をあてがわれますから、日当たりもあまりよくないのでしょう。その細い日向に桜草の鉢植えを置いて、慰みにしているのです。

(二) 遊女の身の上

① 身売り

遊女に身を落とすには、実際には様々な事情があるのでしょうが、川柳では、金に困った親のために、女衒《ぜげん》の世話で身売りをすることになっています。女衒というのは、遊女屋へ女性を斡旋する業者のことです。

大病《たいびょう》に女衒《ぜげん》の見《み》える気《き》の毒《どく》さ　四24

親が大病で、薬を買うにはもはや娘を売る以外に方法がなかろうと、女衒の姿がちらちら見えるのです。気の毒な状況です。

木薬屋《きぐすりや》女衒《ぜげん》のそばで五両《ごりょう》取《と》り　五20

娘を売って得た金も、薬屋が待ち構えていて、溜まっていた薬代として五両持って行ってしまいます。残りの金もやがて医者代や薬代に消えて行くことでしょう。

よい娘《むすめ》年貢《ねんぐ》済《す》まして旅《たび》へ立《た》ち　一19

こちらは年貢が納められない親です。このままではひどい刑罰を受けることになります。そこで娘が身売りして年貢を納め、吉原へ旅立っていくのです。よい娘です。

水牢《みずろう》は女衒《ぜげん》の世話《せわ》で許《ゆる》される　明三智4

この親は、年貢が納められないために水牢に入れられたのです。そこで娘が女衒の世話で身売りして年貢を払い、牢から出してもらったのです。

② 年季

前項で「身売り」と表現しましたが、表向きは遊女年季奉公契約です。「苦界十年《くがいじゅうねん》」「二十七《にじゅうしち》明《あ》け」という言葉があるように、奉公期間は十年、二十七歳まで勤めると年季明け（年明け）になりました。ただし、十年は、遊女としての奉公期間ですから、禿《かむろ》（遊女が使う少女 81頁参照）から吉原に来ていれば、もう少し長い期間になります。

十年《じゅうねん》で極楽《ごくらく》へ出《で》る籠《かご》の鳥《とり》　八六35
二十八歳《にじゅうはっさい》で人間界《にんげんかい》へ出《で》る　二八17

十年間は苦界の籠の鳥、二十七歳までで年明けとなり、二十八歳で娑婆へ出ます。

浅草《あさくさ》で売《う》られ目黒《めぐろ》で年《ねん》が明《あ》け　四〇21

浅草に住んでいた娘が売られて、目黒の遊廓にいたという句かと思いますが、そうではありません。「浅草」は「観音様」で縁日は十八日、「目黒」は「お不動様」で縁日は二十八日です。十八歳で売られて苦界十年、二十八歳になって年が明けたのです。

さて、年が明けた遊女にどういう運命が待っているのでしょう。

美《うつく》しいばっかりの嫁《よめ》二十七《にじゅうしち》　二六25

この遊女は嫁に行けたのです。でも、遊女上がりですから針仕事を始め家事は何にもできません。ただ美しいばっかりです。

運《うん》のない年明《ねんあ》き茅屋《ぼうおく》へ戻《もど》り　傍五6

この遊女は運に恵まれず、田舎の貧しい家に戻ったのです。戻れる家があっただけいいといえるかも知れませんが、娘を売るような貧しい家は立ち直ったのでしょうか。

よるべなくまだ浮《う》き草《くさ》の二十七《にじゅうしち》　一〇七37

何のあてもない浮き草のような遊女もいたようです。どうするのでしょう。岡場所（私娼街）へでも流れていくのでしょうか。

③**身請け**

遊女が年明けを待たずに苦界から出る方法として、「身請《みう》け」があります。身請けは、客が遊女の前借金その他の身代金を妓楼に払って、身柄を引き取ることです。

桐《きり》の光《ひかり》で鳳凰《ほうおう》は籠《かご》を出《で》る　三一31

身請けには多額の金が掛かったようです。「桐」は小判（桐の刻印がある）のこと、「鳳凰」は遊女のことで、小判の力で遊女が籠の鳥状態から抜けだしたというのです。「鳳凰は梧桐（青桐）に宿る」とされることを踏まえた句作です。

半箱《はんばこ》じゃききますまいと茶屋《ちゃや》は言《い》い　六23

身請けの金額は様々でしょうが、この句では茶屋の人が「半箱（千両箱の半分。五百両）じゃききますまい」などと噂話をしているのです。一両十万円とすれば、五千万円！

仕合《しあ》わせさ年《ねん》を四五年《しごねん》置《お》いて行《ゆ》き　一九ス4

年季がまだ四、五年残っているのに身請けされたのです。「苦界十年」の半分で出られたわけで、確かに仕合わせであります。

わっちをも請《う》け出《だ》してよと禿《かむろ》泣《な》き　一四25

遊女づきの禿が「私も請け出してほしい」と泣いています。遊女との別れも辛く、また苦界から出られない我が身も悲しくて泣いているのでしょう。

仕合《しあ》わせな御子《おこ》だと遣《や》り手《て》睨《ね》め納《おさ》め 安元信1

遣り手（遊女の監督をする老女 86頁参照）は「仕合わせな御子だ」とジロリ。遣り手に睨まれるのもこれでお終いです。もっとも、いいことばかりとは限りません。

請《う》け出《だ》され行《い》った先《さき》にも又《また》遣《や》り人《て》 別上34

請け出されて嫁になったはいいが、そこにも遣り手のような因業姑がいたりして……。これはもう塞翁《さいおう》が馬《うま》ですね。

④ 脱廓

身請けもしてもらえず、年明けまで待てない遊女が、逃亡（脱廓）を図ることがあります。吉原は、周囲を板塀と堀で囲まれており、出入り口は大門しかありませんから、実際にはなかなか逃亡できなかったと思いますが、川柳では二つの方法が詠まれています。

一つは、男に化けて大門から密かに出る方法です。大門には「四郎兵衛」と呼ばれる番人が目を光らせていますから（48頁参照）、これをいかにごまかすかがポイントです。

一生懸命《いっしょうけんめい》傾城《けいせい》赤合羽《あかがっぱ》　拾七32

股引《ももひき》と羽織《はおり》で籠《かご》の鳥《とり》は逃《に》げ　四六20

踏込《ふんご》みも白《しろ》い目《め》を抜《ぬ》く道具《どうぐ》なり　筥四7

みんな男の風体を装うものです。「赤合羽」は、赤色の桐油紙で作った合羽で、武家の下僕などが使います。「踏込袴《ふんごみばかま》」は、裾を狭く仕立てた袴で、下男などが着用するもの、「白い目を抜く」は「四郎兵衛の目をごまかす」ことです。しかし、百戦錬磨の四郎兵衛の目は、そう簡単にはごまかせません。

赤合羽足《あかがっぱあし》の白《しろ》いでとつかまる　三一29

男にしては足が白いぞと見破られました。

内鰐《うちわに》を大門《おおもん》で見《み》て付《つ》けられる　天五仁1

「内鰐」は、女性らしい爪先を内側に向ける歩き方。さすが四郎兵衛、鋭い観察力です。

四郎兵衛に捕まえられた遊女は、遣り手に引き渡され、くくし（縛り）上げられて折檻されます。

四郎兵衛《しろべえ》から請《う》け取《と》り柱《はしら》へくくし　一九14

踏《ふ》ん込《ご》みのままで傾城縛《けいせいしば》られる　一〇14

なりは男《おとこ》だが泣《な》く声《こえ》は女郎《じょろう》なり　一二18

脱廓のもう一つの方法は、お歯黒どぶ（大どぶ）を越える方法です。そんなことができるかと思いますが、いくつか句があります。

大《おお》どぶで抜《ぬ》き手《て》を切《き》った女房《にょうぼ》なり　筥二4

大どぶを抜き手を切って渡り逃げてきたのを、女房にしたというのです。

大《おお》どぶの向《む》こうに残《のこ》す上草履《うわぞうり》　拾六23

嵩《かさ》高い上草履ではばたりばたり歩いては逃げられません。

土捏《つちこ》ねのような女郎《じょろう》をくくしあげ　一二22

左官が壁を塗るのに使う土を捏ねる人を「土捏ね」と言います。どこから脱出したか全身泥だらけになって逃げたのですが、捕まってくしあげられたのです。

(三) 遊女の身形・習慣

① 櫛・簪で飾る

遊女の身形《みなり》でまず真っ先に目につくのは、兵庫髷《ひょうごまげ》など独特の形をした髪にいっぱいさした櫛《くし》・簪《かんざし》類でしょう。『守貞漫稿』には、「島田曲《まげ》、二枚櫛・長笄《こうがい》一つ。簪前二、背六は略なり。前後各八本すべて十六を本とすれども……」などとあります。時代や階級などにより様々でしょうが、とにかくご大層に飾り立てていたことは確かでしょう。

全盛《ぜんせい》な菩薩《ぼさつ》後光《ごこう》をたんとさし　八八8

「菩薩」は遊女のこと、「後光」は仏様から放たれる光です。いま全盛を誇る菩薩様は、後光がさすように簪をたくさんさしておいでだというのです。

頭《あたま》をば挽《ひ》き割《わ》るような櫛《くし》をさし　九30

まるで頭を挽き割るノコギリのような大ぶりの櫛をさしています。

傾城《けいせい》の頭《こうべ》に亀《かめ》が八九疋《はっくひき》　傍五19

これらの髪飾りは高級な鼈甲《べっこう》製です。鼈甲は海亀の一種である玳瑁《たいまい》の甲羅を加工したものですから、亀を八、九疋も頭に載せているというわけです。

寝返《ねがえ》りに客《きやく》は目鼻《めはな》を危《あぶ》ながり　拾八2

満艦飾の遊女が寝返りをしたら、隣に寝ている客は簪が目に刺さりそうで、危なくて仕方がないというのです。でも、実際問題として、簪をさしたままで寝られるでしょうか。

簪《かんざし》を拭《ふ》きながらもう行《い》って寝《ね》や　傍四6

この句は、遊女が客の寝床へ行く前に、簪を抜いて拭きながら、禿に「お前ももう行って寝や」と促している様子でしょう。やはり寝る前には簪を抜いたようですね。

② お歯黒をするが眉毛は剃らない

一般女性と同じように遊女もお歯黒をしましたが、眉毛は剃らない習慣だったようです。

地女《じおんな》に毛虫《けむし》二《ふた》つで化《ば》けられず　二16

「地女」は素人の女性のこと。「毛虫」は眉毛のことで、お歯黒はしていても眉毛があるので、外出の時でも素人女性に見せかけることはできないということです。

きつい奴《やつ》三《さん》十《じゅう》二《に》両《りょう》染《そ》めてやり　四一20甲

遊女は、一人前になった時にお歯黒をするのですが、この時にお祝いの儀式をしました。この費用はすべて遊女持ちなのですが、奇特な客がいてこの費用三十二両を出してくれたのです。ただし、三十二両は歯の数で洒落たもので、実際の金額ではありません。

平服《へいふく》で禿《かむろ》お歯黒《はぐろ》買《か》いに出《で》る　五四24

お歯黒液は廓内の商店で買ったようで、買い出しは専ら禿の仕事です。普段着で買いに行くのは、朝早いので商売着に着替えていないのか、こぼした時の用心でしょうか。

一文《いちもん》の鉄漿《かね》すり足《あし》で禿《かむろ》来《く》る　九三20

禿が一文分の鉄漿（お歯黒液）をこぼさないように、すり足でやって来る様子です。

③ 足袋を履かない

遊女は冬でも足袋《たび》を履かない習慣になっていました。

足袋屋《たびや》さんにばかり借《か》りが有《あ》りいせん　一一四12

遊女はあちこちに借りがあるのですが、足袋屋にだけは借りがないというのです。遊女が足袋を履かないのは、階段の上り下りですべらないためとか、素足で男を引きつけるためとか言われていますが、

吉原《よしわら》の足袋屋《たびや》禿《かむろ》が得意《とくい》なり　一一20

たまさかに遣《や》り手《て》へ売《う》れる女《おんな》足袋《たび》　三二43

の句があるように、禿や遣り手は履いたようですから、「素足のセックスアピール説」が当たっているかも知れません。

何文《なんもん》の足袋《たび》やら二十七《にじゅうしち》の暮《くれ》　七八5

二十七歳の年明けで娑婆に出れば、当然足袋を履くことになりますが、何文の足袋を用意したらいいかわからないという句です。苦界十年、足袋なしでいたんですから。

おいらんの足《あし》を袋《ふくろ》へ息子《むすこ》入《い》れ　四九38

こちらは息子が身請けをしたのでしょう。心身共に暖かい生活が送れるといいのですが。

④ありんす言葉を使う

吉原のいわゆる「ありんす言葉」は、遊女の国なまりを隠すためだと言われています。洒落本などにはいろいろな言葉が出てきますが、川柳で少し拾ってみましょう。

北国訛《ほっこくなま》りどうしいすこうしいす　二二14

籠《かご》の鳥《とり》どうしんしょうと泣《な》いている　三二34

北狄《ほくてき》の蛮語《ばんご》はりんすなんすなり　傍三16

蘭語《らんご》でも蛮語《ばんご》でもなしおすざんす　一五四21

しかし、なんと言っても代表的なのは「ありんす」です。吉原を「ありんす国」と称するのも宜《むべ》なるかなです。

剣先《けんさき》はありんす国《こく》の方《ほう》へ向《む》き　三二3

日本《にほん》からありんす国《こく》は遠《とお》からず　五四21

「剣先」は猪牙のとがった舳先《へさき》のこと。「日本」は「日本堤」のことです。

さと言葉《ことば》習《なら》うも抜《ぬ》くも一苦労《ひとくろう》　四〇30

苦労して覚えたありんす言葉は、娑婆に出てもなかなか直りません。でも嫁に行った時、

ありんすで嫁来《よめき》なんした里《さと》が知《し》れ　四六11

となると大変で、

ありんすが第一《だいいち》姑《しゅうと》気《き》に入《い》らず　拾一〇2

姑にいびり倒されること必定です。頑張って直しましょう。

⑤ **鷹揚な態度で見栄を張る**

遊女はサービス業なのに、横座りの姿勢でだらけた応対をし、見栄を張ってろくにお礼も言わないという不思議な営業態度が売り物です。でも、客の方もそれが別世界に住む菩

薩様のあるべき姿だと心得ているようで、

傾城《けいせい》はきっと坐《すわ》ると下卑《げび》るなり　二一18
傾城《けいせい》の慇懃《いんぎん》なのも下卑《げび》たもの　二三8

きちんと坐ったり、慇懃な態度をしては下卑てしまうというのです。ですから、

傾城《けいせい》は甲斐甲斐《かいがい》しいと叱《しか》られる　天五信3
大名《だいみよう》であろうが来《き》なんしたかなり　安六信2

間違っても甲斐甲斐しい態度をしてはいけない、大名が来ようが誰が来ようが「ああ、来なんしたか」と素っ気ない態度をしているのがいいのです。

そこに置《お》きなんせは憎《にく》い貰《もら》いよう　一二23
傾城《けいせい》はやり力《ぢから》なき貰《もら》いよう　二15

金を貰う時も、有り難がっていただいたりしません。「そこに置きなんせ」と軽く言うだけです。何ともやり甲斐のない憎らしい貰いようではありますが、そこが素人女とは違う遊女らしいところだと思うと、

礼《れい》も言《い》わねえのに息子《むすこ》やりたがり　安九満1

と、どら息子がのめり込むことになります。これも営業テクニックでしょうかね。

⑥ 金には苦労する

遊女は、食費と家賃は要らないものの、身の回りの物や部屋の調度等々、日常生活の費用は全部自分持ちですから大変です。これを鼻の下の長い客に押しつけるのですが、そういつもうまく行くとは限らず、質屋のお世話になるのも度々だったようです。

太夫職《たゆうしょく》　百《ひやく》で四文《しもん》も暗《くら》からず　拾六17

「百で四文」は、「百文につき月利四文」という質屋の利率のこと。太夫という最高位の遊女でも、質屋の利率を知っている、ふだんからお世話になっているという句です。

北国《ほつこく》の阿弥陀後光《あみだごこう》を質《しち》に置《お》き　一〇七5
やりくりに禿《かむろ》を対《つい》に裸《はだか》にし　拾八8

質草は、阿弥陀様の後光の如き簪《かんざし》であったり、お付きの対禿《ついかむろ》（ペアで付いている禿）の着物だったりします。

質入れのお使いは禿の仕事です。ただのお使いではなくて、こましゃくれた禿は、

一月《ひとつき》はお負《ま》けなんしと禿《かむろ》言《い》い　天五松2

などと、利息を一か月分負けさせたりします。将来有望です。

傾城《けいせい》は朝《あした》に曲《ま》げて夕《ゆう》べ請《う》け　拾四19

朝方質入れ（曲げる）して、夕方には請け出したというのです。馴染み客でも来てくれたのでしょうか。「朝に道を聞けば、夕べに死すとも可なり」（論語）をかすめるようです。

待人《まちびと》来《き》たらず質屋《しちや》へ禿《かむろ》行《ゆ》き　傍二33

あてにしていた客が来ないときは、禿を質屋へ行かせることになります。

そういうわけですから、遊女の部屋にある立派な簞笥も中身は空（女郎の空簞笥）というのが川柳の約束です。

入《い》れ物《もの》は何不足《なにふそく》なく女郎持《じょろうも》ち　安九梅2

入れ物は何不足なく持っているのですが、中に入れる物が不足しています。

絵《え》にかいておいてもすんだ簞笥《たんす》なり　二五27

入れる物がないなら、簞笥の絵をかいておいても済んだねとは痛烈な皮肉です。落語「だくだく」でもあるまいし。

巻紙《まきがみ》を出《だ》す外用《ほかよう》のない簞笥《たんす》　安四亀3

簞笥《たんす》から縮緬雑魚《ちりめんざこ》や更紗梅《さらさうめ》　七七17

無一物簞笥《むいちぶつたんす》に座禅豆《ざぜんまめ》ばかり　六〇33

入れる着物のない簞笥には、たいした物は入っていません。営業用の手紙を書く「巻紙」。「更紗梅」は梅酢に漬けた紫蘇《しそ》を切り込んだ梅びしお（煉梅）。「座禅豆」は黒大豆の煮豆です。「無一物」は仏教語ですから「座禅」の縁語です。

ふだんは空であることはわかりませんが、意外な時に発覚することがあります。

畳屋《たたみや》が野暮《やぼ》で簞笥《たんす》をひょいとのけ　拾七16

畳替えに来た畳屋が簞笥を軽々と移動したのです。吉原へ出入りする畳屋としては、野暮な失態です。本来は、次句のようでなくてはなりません。

気《き》の利《き》いた畳《たたみ》屋簞笥《やたんす》重《おも》く持《も》ち　三二27

(四) 新造

吉原の遊女の仕組みは複雑で、一口で説明するのが難しいのですが、大雑把に言って、幼い時に吉原に身売りしてきた娘は、まず「禿《かむろ》」(後述) となり、成長して十三、四歳になると、「新造《しんぞう》」になります。新造はいわば遊女見習いで、高級女郎づきの妹女郎です。新造の句の中で、①老人客が揚げる、②姉女郎の名代《みょうだい》に出る、の句は別項でご紹介することとし、ここでは、まだ年若い新造の無邪気な振る舞いの句をご紹介しましょう。

まず、眠たがりです。

突《つ》っ伏《ぷ》すと新造音《しんぞうおと》も沙汰《さた》もなし　一二3
突《つ》っ伏《ぷ》すと新造息《しんぞういき》のあるばかり　安元義7

倒れるように寝てしまうと、後はまるで反応なし。息をしているというだけで死人同然に寝込んでしまいます。

毎朝《まいあさ》のことと新造《しんぞう》ひっぱがれ　六28

新造《しんぞう》をふるい落《お》として床《とこ》を上《あ》げ　天五智3

毎朝、一人では起きられません。遣り手に「毎朝これだから」と怒られながら、蒲団をひっぱがれます。蒲団から強引に「ふるい落とす」というのが可笑しいですね。お客がついても眠たがりはどうしようもありません。

無理《むり》に目《め》をあいて新造相《しんぞうあ》いをする　安六55会

無理に目をあけてお酒の相手をするところまでは健気《けなげ》なのですが、肝心の閨《ねや》で寝てしまうのは困ったものです。

新造《しんぞう》は振《ふ》る気《き》ではなし寝《ね》る気《き》なり　八20

遊女が客を振るのに向こうを向いて寝てしまうことがありますが、新造の場合は「振る気」はまったくなし、ただ「寝る気」だけというのです。客にとっては同じことですが……。

新造《しんぞう》の鼻《はな》をつまんで帰《かえ》りけり　拾六19

当然、翌朝になって客が帰ろうとしても起きる気配がありません。仕方がないので、「この眠たがりめ」と鼻をつまんで帰る客。それぐらいでは起きないでしょうがね。

このように眠たがりの新造ですが、起きている時はよく笑います。そういう年頃です。

眠《ねむ》くさえないと新造笑《しんぞうわら》うなり　傍二30

眠っているか笑っているかのどちらかです。

新造《しんぞう》は寝《ね》るも笑《わら》うも二人前《ににんまえ》　傍三15

新造は、遊女としては半人前なのに、寝ることと笑うことにかけては二人前なのです。しかし、客の前であまり笑ってばかりいると、遣り手に怒られたりします。そうなれば、できるだけ笑わないように努力するしかありません。

もう笑《わら》うまいと新造《しんぞう》かしこまり　一四9

笑《わら》わせなんなと新造来《しんぞうき》て座《すわ》り　一六2

「もう笑うまい」とかしこまって座り、客にも「笑わせないで」と頼んだりします。可愛いですね。

(五) 禿

「禿《かむろ》」(「かぶろ」とも) は、七、八歳から十二、三歳までくらいの、遊女の身の回りの雑用をする少女です。素質のある者は、教育を受けてやがて遊女になります。

禿の句は大量にありますが、①年齢相応の幼い子供らしい行動の句、②色里にふさわしいおませな行動の句、③悪いことをして折檻される句、などに分けられるように思います。

まず、①の子供らしい句です。いかにも可愛らしい句が多いのですが、彼女たちの境遇を考えますと、可愛らしいだけ余計に哀れな感情が湧いてきます。

ほおずきをほき出《だ》し禿《かむろ》返事《へんじ》する　傍四10

ほおずきを口に入れていた禿、呼ばれてほおずきを吐き出し「あいいー」。

降《ふ》る雪《ゆき》を口《くち》へ入《い》れんと禿《かむろ》反《そ》り　拾七18

雪が降ってきたので、はしゃいで口へ入れようとそっくり返っている禿。子供です。

抜《ぬ》けた歯《は》に禿《かむろ》のこぞる片《かた》っ隅《すみ》　一37

乳歯の生え替わる年頃です。禿の一人の歯が抜けたので、珍しそうに片隅にみんな集まって見ている様子です。

巻紙《まきがみ》で禿《かむろ》は土手《どて》を遠眼鏡《とおめがね》　一〇二34

遊女が文を書く巻紙でしょうか。「遠眼鏡だ」とはしゃいで覗く先は、自由に出られない吉原土手です。

くすぐると禿《かむろ》丸《まる》めたようになり　八六28

くすぐると、身体を縮めて笑い転げたりします。「丸めたように」がいい表現ですね。

駆《か》けて来《き》て禿《かむろ》あのねを三《みっ》つ言《い》い　拾七21

遊女のところへ駆けてきた禿が、「あのね、あのね、あのね」と三回繰り返してから、ようやく用件を話し出します。息せき切って来た割には、大した用件ではないのですが。

隅《すみ》っこへ来《き》ては禿《かむろ》の腹《はら》を立《た》て　一10

遣り手にでも叱られた禿が、部屋の隅っこへ来ていじけている様子です。腹を立てても、大声で泣きわめいたりできない境遇です。隅っこが安住の場所かも知れませんね。

続いて②のおませな句です。ちょっとばかり小癪《こしゃく》なところはありますが、この世界で生きていくための健気《けなげ》な知恵のようにも思えます。

禿《かぶろ》さえ桃色《ももいろ》ほどは嘘《うそ》をつき　拾七16

禿《かむろ》でも楊弓《ようきゆう》ほどは張《は》りを持《も》ち　一五六27

遊女の「真っ赤な」嘘には及びませんが「桃色」程度の嘘はつき、吉原の遊女らしい「張り」を身につけるまでには至っていませんが、楊弓《ようきゆう》（遊戯用の弓）程度の張りは持っているというのです。将来が期待されます。

禿《かむろ》よく危《あぶ》ないことを言《い》わぬなり　一9

無邪気に何でもおしゃべりするようでいて、言ってはいけないこと、たとえば遊女の秘密などは決して言いません。幼いけれどもプロなのです。

性悪《しょうわる》と禿《かむろ》そばから才弾《さいはじ》け　四16

「性悪」は浮気者のこと。「才弾ける」は小ざかしく振る舞うことです。遊女の馴染み客にちょっとした不始末でもあったのでしょう。遊女のそばで禿が「浮気者めが」などとこましゃくれたことを言っているのです。もちろん本気で咎《とが》めているのではなく、遊里らしい小洒落た会話です。

最後に③の折檻される句です。

頬張《ほおば》っておいて禿《かむろ》は下《さ》がりんす　三22

客が食べた膳部を二階から階下へ下げる時、禿が「下がりんす」と声を掛けます。その際に、客の食べ残した物を素早く頬張ってから声を掛けたのです。こんな行儀の悪いことが遣り手に見つかれば叱られること必定です。

こはだの鮓《すし》をもぎ取《と》って遣《や》り手《て》ぶち　傍三12

運悪く鮓を頬張る前に見つかって、遣り手にぶたれてしまいました。

縛《しば》られた禿《かむろ》のそばに濡《ぬ》れ蒲団《ぶとん》　明五礼5

おねしょをして縛られたのです。まだそんな年頃です。

つめられぬようにと禿《かむろ》願《がん》を掛《か》け　八7

禿が廓内にある九郎助稲荷《くろすけいなり》あたりに、「どうかつねられませんように」と願掛けをしています。いつも遣り手や遊女につねられているのです。

煙管《きせる》さえ握《にぎ》ると禿《かむろ》油断《ゆだん》せず　安八仁3

遣り手が煙管を手にすると、叩かれるかも知れないと油断なく身構えます。そんな日常を背景にしたちょっと複雑な気分の句をご紹介して、この章を終わることにします。

叩《たた》かれる煙管《きせる》禿《かむろ》は磨《みが》いてる　二七16

二、吉原の名脇役たち

(一) 遣り手

吉原では、遊女以外に様々な人が働いていますが、その中で「川柳のスター」ともいうべき存在が「遣り手」です。遊女上がりが多かったと言われていますが、遊女の世話や取締が役目の老女で、いわば妓楼の支配人といったところでしょうか。

はしごから上《うえ》は私《わたし》が預《あず》かりさ　一九18

はしごを上がった二階は営業場所で、そこは私（遣り手）の管理場所だというのです。川柳の遣り手は、太っていて欲が深く、遊女には厳しく営業を督励し、時には過酷な折檻を加えるという鬼婆として定型化されています。

細見《さいけん》の鬼門《きもん》へ直《なお》る遣《や》り手《て》の名《な》　一11

「細見」は、妓楼ごとに遊女の名や揚げ代などを紹介した吉原の案内書です。それを見ますと、それぞれの妓楼の欄の左下角に遣り手の名前が書いてあります。当時使われた「吉凶方位図」では南を上にしますから、左下は東北の方角すなわち鬼門に当たります。鬼門に鬼婆が座を占めるのは、まことにふさわしい姿であるわけです。

あいわっちゃ鬼神《きじん》さなどと遣《や》り手《て》言《い》い　九18

「あい、どうせ私は恐ろしい鬼神ですよ」などと遣り手が言っています。そういう役目だと割り切り、開き直っているのでしょう。

欲《よく》の皮《かわ》張《は》り裂《さ》けそうな婆《ばばあ》出《で》る　二四13

前述のように、遣り手は太っていて欲が深いことになっています。この句はその両方を揶揄《やゆ》しているようです。以下、まず太っている句の方からご紹介しましょう。

遣《や》り手《て》婆《ばば》毛《け》抜《ぬ》き合《あ》わせにいもじをし　拾八9

「いもじ」は「湯文字」すなわち「腰巻」のことです。「毛抜き合わせ」は、毛抜きの先のように、重ならずにピッタリと合わせることです。遣り手は、太っているので、本来は前で重なるように着用する腰巻が、一

図5　「遣り手は太めで欲深い」《客衆肝照子》『江戸のくらし風俗大事典』より

杯いっぱいで重ねられないのです。

遣《や》り手《て》よく落《お》っこちもせず上《あ》がり下《お》り　拾六27

あの肥満短軀《たんく》の体型で、二階への階段をよく落っこちないで上がり下りするもんだね。

中症《ちゆうしよう》を怖《こわ》がっている遣《や》り手婆《てばば》　拾六29

「中症」は「中風」に同じで脳卒中による半身不随のこと。メタボが健康に悪いという知識はあったんですね。

次は、欲張りの句です。遣り手の主な収入は客の祝儀だったようですから、祝儀に対する執念は尋常ではありません。なお、198頁の「三会目」の項（第四章一）にも遣り手に祝儀を出す句をご紹介してあります。

欲《ほ》しいより外《ほか》に病《やまい》のない婆《ばばあ》　安三桜3

ただただ欲しい欲しいという病に凝り固まっている婆です。

婆《ばばあ》の長咄《ながばなし》壱分《いちぶ》くれろなり　傍一34

客のところへ顔を出しても、祝儀を貰うまでは、あれこれ話をしてなかなか退出しません。一分のためなら時間を惜しまないのです。

遣《や》り手除《てよ》けのご祈禱《きとう》が壱分《いちぶ》なり　安三桜2

こうなっては遣り手を下がらせるには祝儀をやるしかありません。「遣り手除けのご祈禱代一分」というのが可笑しいですね。

壱分《いちぶ》だけ遣《や》り手《て》は尻《しり》をどたつかせ　三12
おかしくはなけれど壱分《いちぶ》だけ笑《わら》い　拾七23

祝儀をやれば、大きな尻をどたどたと動かしてお辞儀をし、笑顔で挨拶をしますが、どちらも一分に見合う程度のおざなりなものです。

遣り手の仕事の一つは、遊女たちの指導・管理です。

正直《しょうじき》を直《なお》しなんしと遣《や》り手言《てい》い　傍三20

その馬鹿正直を直しなんし。上手に嘘も言えなきゃ、この商売つとまりませんぞえ。

おめえがた欲《よく》を知《し》りなと遣《や》り手言《てい》い　拾七22

お前さんたち、もう少し欲を出して商売に精を出しな。

貞女《ていじょ》の真似《まね》がろくなことかと遣《や》り手《て》　筥四27

真夫《まぶ》（遊女が真情を捧げる男）を作って、仕事を怠けがちな遊女に対する叱責です。「貞女の真似事をしても廓じゃ通用しない。いい加減にして、しっかり働け」と。

(二) 若い者

妓楼に雇われている男性従業員を「若い者」と言います。

これ爺若《じじいわか》い者《もの》とはその方《ほう》か　一〇七16

口調から見て武士（151頁）の言葉と思いますが、老人でも「若い者」と呼ばれました。

若い者の仕事は多岐にわたりますが、まず「見世番」があります。妓楼の籬《まがき》と暖簾《のれん》の間にある「妓夫台《ぎゆうだい》」に座って、出入りの人々を見張ったり、客が遊女を見立てるのを手伝ったりする仕事です。この役目をする若い者を「妓夫」（牛《ぎゆう》、及《ぎゆう》などとも）といいます。

お見立《みた》てと呼《よ》ばって毛抜《けぬ》き袖《そで》へ入《い》れ　一六34

妓夫台に座り、毛抜きで髭を抜いたりしてのんびりしていた妓夫が、遊客の姿を見て急いで毛抜きを袖に入れ、「お見立て、お見立て」と勧誘している様子です。

どんなでもよいには及《ぎゅう》も困《こま》りもの　拾六29

客が「どんな遊女でもよいから、適当に見繕《みつくろ》ってくれ」などと言うので、困っている妓夫。やはり、好みのタイプとか予算などを言わずにお任せと言われても困るのです。次に「廻し方」という仕事があります。遊女の営業場所である二階の雑用です。

座定《ざさだ》まって若《わか》い者呑《ものの》み始《はじ》め　一二25

客と遊女の間に立って、座の設定やら配膳やら取り持った若い者が、落ち着いたところで客からお流れ頂戴といった場面でしょう。

若《わか》い者頭《ものあたま》掻《か》き〳〵かしこまり　三5

頭を掻きながら、かしこまって難しい交渉をしている様子です。おそらく「貰い引き」

(224頁第四章三)のお願いでしょう。若い者の腕の見せ所です。

こりゃ喜助《きすけ》小便場迄《しょうべんばまで》は何里《なんり》ある　一一〇37

若い者はまた「喜助」とも呼ばれました。遊女に振られた客が、夜中に怒鳴り散らすのをなだめるのも若い者の仕事です。この句の主人公(おそらく武士)の相方は、「ちょっと小便に」と出かけたまま、帰って来ないのです。

また「不寝番《ねずのばん》」も受け持ちます。一晩中、二階の行灯《あんどん》の油注《つ》ぎをして回ります。

五六寸《ごろくすん》搔《か》き立《た》てて行《ゆ》くねずの番《ばん》　一5

深夜、客室に入って、行灯に油を注ぎ、燃えて短くなっている灯心を搔き立てて行くのです。吉原では普通の光景でしょうが、なにしろ、

睦言《むつごと》の中《なか》へ油《あぶら》を注《つ》ぎに出《で》る　一一20

ということですから、客としては心穏やかではありません。もちろん馴染み客は、

腰《こし》を使《つか》わずに油《あぶら》を注《つ》ぐを待《ま》ち　筥四25

と手慣れたものですが、野暮な浅黄裏などは、

こりゃ喜助《きすけ》灯《とぼ》いているになぜ入《はい》る 八八33甲

と怒鳴ったりします。「灯す」は交合することですが、「油注ぎ」の縁語です。

その他に、「付馬《つきうま》」や「下《さが》り取《と》り」などいろいろな仕事がありますが、割愛します。

(三) お針

吉原で働く裁縫女を「お針《はり》」と言います。ごく普通の言葉のようですが、遊里語です。

針妙《しんみよう》をお針《はり》と言《い》って叱《しか》られる 一三2

という句があるように、一般の家庭に雇われて裁縫する女性は「針妙」と言います。

吉原では、遊女が縫い物をすることはなく、

ふんどしのほころびまでもお針《はり》なり 六18

というように「ふんどし」(腰巻)のほころびまで一切お針任せです。たまに、ほころびぐらい繕ってみようという遊女もいないではありませんが、

ほころびを縫《ぬ》うをお針《はり》は可笑《おか》しがり　傍三45

と、おぼつかない手つきをお針に笑われる始末です。ただし、真剣に縫い物を覚えようとする遊女もいます。

分別《ふんべつ》が出《で》たかお針《はり》の邪魔《じやま》をする　一四37

裁縫ぐらいできないといけないと分別が出たのか、遊女がお針に裁縫を教えてくれとまとわりついているのです。年明けの近い遊女かも知れませんね。

鑓《やり》よりも針《はり》には物《もの》が言《い》いやすし　傍五23

「鑓」と「針」の対比が趣向ですが、「遣り手」より「お針」の方が物が言いやすいというのです。鬼の遣り手と比べれば当然ですが、遊女や禿などに頼りにされていたようです。

お針《はり》さんお針《はり》さあんとむごいこと　安四仁3

お針《はり》の詫《わ》びでよう〳〵と小手許《こてゆる》し　天五満1

禿が遣り手に折檻されているような場面でしょう。「お針さん、お針さあん」と泣き叫んで助けを求めるので、お針が見かねて遣り手に詫びを入れてやって、ようよう手首の縄を解いてもらうのです。やさしいお針です。

(四) 太鼓持ち

「太鼓持ち」は、落語などでおなじみの職業ですが、辞書には「遊客に従って、その機嫌を取り、酒興を助けることを職業とする男」(『日本国語大辞典』)とあります。

面《つら》の皮《かわ》薄《うす》いとならぬたいこ持《も》ち 一四四3

たいことはこれ口《くち》をよく叩《たた》くの義《ぎ》 二7

面の皮厚く遊客につきまとい、ヨイショを連発しまくるのが太鼓持ちです。その風体《ふうてい》は、

たいこ面《づら》には撥鬢《ばちびん》がよく似合《にあ》い 三二3

裄丈《ゆきたけ》の合《あ》わぬをたいこぶっ重《かさ》ね 九37

鬢を三味線の撥のような形にした「撥鬢」に結い、旦那のお下がりで寸法の合わない着物を重ね着したりしています。

もちろん吉原以外にもいますが、なんといっても吉原が主戦場です。

たいこ持《も》ちありんす国《こく》の通辞《つうじ》なり　六〇29

太鼓持ちは、ありんす国すなわち吉原の通訳だというのです。見事な定義というべきであります。もっとも時々自分の都合のいいように通訳することがあるようですが。とにかく、遊客がいないと商売になりませんから、遊びに熱中させようと一生懸命です。

若旦那《わかだんな》小《ちい》さいぞえとたいこ言《い》い　八30

身代《しんだい》を投《な》げて見《み》ねばとたいこ言《い》い　拾七32

「そんな小さな遊びをしないで、もっとでっかいこと、身代を投げるぐらいの遊びをしなされ」などと焚きつけます。

遊客に楽しく遊んでもらうのが商売ですから、酒席では献身的に座を取り持ちます。

たいこ持《も》ち遣《や》り手《て》をまねてぶっさらい　三42

遣り手の物真似を披露して喝采を得たかと思えば、

叱《しか》られる傍《そば》で畳《たたみ》をたいこ飲《の》み　一二9

禿あたりが酒をこぼして叱られると、すぐに畳に口をつけて飲んでみせたり、

たいこ持《も》ち金《かね》になる屁《へ》を二《ふた》つひり　拾七2

遊女がうっかり屁をひったりすると、すかさず自分もブイブイとやってその場を取り繕ったり（後で、遊女がお礼をしてくれるので「金になる」のです）、

たいこ持《も》ち生《なま》に見《み》えてもしらふなり　明三桜4

もちろん、差された酒はことごとく飲み干し、その結果、生酔《なまえい》（泥酔）になったように見せて、実はしらふであったり、

たいこ持《も》ちひと跳《は》ね跳《は》ねて帰《かえ》りけり　二15

最後には得意の珍芸の一つも披露して帰るのです。まともな人間にはできない商売です。

（五）文使い

遊女からの手紙を遊客に届ける人を「文使《ふみづか》い」と言います。専門の業者がいたとも茶屋や若い者の仕事だったともいわれますが、なかなか微妙なお役目です。

文《ふみ》使《づか》いそら小便《しょうべん》を度々《どど》垂《た》れる　一二27

文《ふみ》使《づか》い息子《むすこ》を斜《はす》に招《まね》き出《だ》し　四22

文《ふみ》使《づか》い道《みち》など聞《き》いておびき出《だ》し　六2

文《ふみ》使《づか》い御用《ごよう》にちょっと呼《よ》び出《だ》させ　九24

吉原の遊女から手紙が来たことが家人に知れたら一悶着起こりますから、極秘裏に直接本人に渡さなければなりません。道端で小便をする振りをして家の様子をうかがったり、門口の隅に潜んでいて、当人とうまく目を合わせて招き出したり、道を聞く振りをして当人をおびき出したり、御用聞きに頼んで呼び出させたり。あれこれ作戦が必要です。

また、当人に渡す時も細心の注意を払います。

まずい事束《ことたば》ねた文《ふみ》を抜《ぬ》いて出《だ》し　一一10

当人の目の前で、束ねた手紙の中から一通抜いて出すようでは、大量生産のダイレクトメールであることがばれてしまいますから、まことにまずいことです。

文《ふみ》使《づか》い遠《とお》くで一本《いっぽ》抜《ぬ》いてくる　二一ス9

うまい文使いなら、遠くにいるうちに束の中から一本抜いておいて、素早く渡します。しかし、万一、女房にでも見つかったらえらいことです。

文屋《ふみや》どんもうござんなと女房言《にょうぼい》い　二三18

客の女房から、「もう二度と来るな」と切り口上で言われた文使い。渡すところを見られたか、顔を覚えられたか。不首尾です。でもまた明日も頑張りましょう。

嘘《うそ》を束《たば》ねて背負《しょ》って行《ゆ》く文使《ふみづか》い　九一20

三、営業時間と客寄せイベント

(一) 昼見世

吉原の営業は昼と夜に分かれていて、正午頃から夕方四時頃まで営業するのを「昼見世」と言います。営業はしているものの、夜に比べれば客の数が格段に少なかったようで、遊女たちもあまりやる気がありません。

昼見世《ひるみせ》へお職《しょく》は怠《なま》け〳〵出《で》る　六21

「お職」は、その妓楼のナンバーワンの遊女です。ろくな客の来ない昼見世は、一軍の四番バッターが二軍の試合に出るようなものですから、適当にサボっているのでしょう。他の遊女たちも退屈しのぎにいろいろなことをしています。

徒然《つれづれ》なるままに昼見世文《ひるみせふみ》を書《か》き　六〇28

営業用の手紙を書いている遊女もいます。『徒然草』の冒頭「つれ〴〵なるまゝに、日ぐらしすゞりにむかひて」の文句取りです。

昼見世《ひるみせ》はよく笑《わら》う子《こ》を借《か》りにやり　三3

近所の子供を借りてきて遊ぶこともあります。よく笑う子がいいと頼んだりします。

借《か》りた子《こ》に乳《ち》を探《さが》されて縮《ちぢ》むなり　一五5

借りてきた赤ん坊が遊女の乳をさぐってきたので、思わず身を縮めたのです。男に身を委ねるのには慣れているはずなのに、可愛い遊女です。

傾城《けいせい》は身震《みぶる》いをした子《こ》に懲《こ》りる 明六天1

赤ん坊が身震いをするのはオシッコの合図です。引っ掛けられて懲りたのでしょう。

(二) 夜見世

元吉原時代は、昼見世だけが許されていましたが、新吉原への移転と同時に夜見世《よみせ》の営業が許可されました。遠方への移転の代償だったようですが、これによって「不夜城・吉原」が誕生することになりました。

① 鈴を合図に

夜見世の開始は暮れ六つ（午後六時）です。

さあ見世《みせ》へお直《なお》り候《そうら》え鈴《すず》の音《おと》 六〇28

妓楼の主人が鈴を鳴らすのが夜見世開始の合図です。鈴の音は遊女たちに「さあ、見世へ座りなさい」と指示しているのだという句ですが、「お直り候え」が謡曲『翁《おきな》』の、鈴を持って舞う三番三《さんばそう》の台詞の文句取りになっているのが趣向です。

鈴《すず》鳴《な》ると新造先《しんぞうさき》へかしこまり　安四仁1

鈴《すず》の音《おと》しばらくあってお職《しょく》出《で》る　拾七13

鈴が鳴ると、まず下級女郎の新造が見世に出て席に着き、しばらくしてから悠々とナンバーワン遊女のお職が登場するという句です。『守貞漫稿』には「上妓より次第に出来《いでき》り見世に列座する也」と反対のことが書いてありますが、どうなのでしょう。

鈴《すず》の音《ね》に籬《まがき》の花《はな》は咲《さ》き揃《そろ》い　二八14

「籬」は、遊廓の見世先の格子戸で、「籬の花」は見世に並んだ遊女を指す成語です。鈴の音と共に、遊女が見世に並びます。

②　**清掻き**

夜見世が始まると、新造などが三味線で「清掻《すが》き」を掻き鳴らします。清掻きは『日本国語大辞典』に「三味線で、第二・第三の二弦を同時に弾く音と、第三弦をすくう音とを交互にチャン・ラン・チャン・ランと弾くもの」とあります。

すががきと玉子《たまご》〳〵で幕《まく》が明《あ》き　拾六11

清掻きが賑やかに流れる中に、「たまご、たまご」と玉子売りの声が聞こえてきます。夜見世の幕開きです。

候《そろ》べく候《そろ》のすががきを見世《みせ》で弾《ひ》き　天八蓮2

「候可候《そろべくそろ》」は、ぞんざいにざっと済ますことです。BGMですから、そんなに正確に弾く必要もないのでしょう。

すががきに踵《かかと》のつかぬ人通《ひとどお》り　明三仁3

演奏は「候可候」でも、清掻きを聞けば遊客の気分は浮き立ちます。「踵《かかと》の着かぬ」は、気分が高揚してつま先立ちで前のめりに歩くようなことの形容でしょう。

すががきを隣《となり》へ渡《わた》す首尾《しゆび》の良《よ》さ　明四仁2

清掻きを弾いていた遊女が客に見立てられたので、清掻き役を隣の遊女へ渡して引っ込むのです。この遊女は首尾がよかったのですが、客がつかなければ、いつまでも清掻きを弾いていることになります。

つらい事折《ことお》り〳〵撥《ばち》で膝《ひざ》を弾《ひ》き　拾七28

すがきの音《ね》も絶《た》え絶《だ》えの引《ひ》け時分《じぶん》　安九鶴2

夜が更けてくればつい眠くなって、撥が三味線から外れて膝に当たったりします。営業終了頃には、音も絶え絶えという状態になります。疲れました。

③引け四つ

吉原の営業終了（引け）は、本来は四つ（午後十時）ですが、九つ（十二時）までの延長が黙認されていました。そのため、四つには拍子木を打たず、九つになって四つの拍子木を打ち、続いて九つの拍子木を打って引けとしました。これを「引け四つ」と言います。

世間《せけん》では取《と》り用《もち》いざる四《よ》つを打《う》ち　二〇4

吉原以外の世間ではあまり使わない四つの打ち方です。

鐘《かね》の九《ここの》つ木《き》の四《よ》つを打《う》ってくる　安七鶴2

時の鐘は九つなのに、拍子木は四つを打ってきます。

引《ひ》け四《よ》つに淋《さび》しい顔《かお》の生《い》き返《かえ》り　宝九桜

これで張見世も終了。売れ残って淋しい顔をして座っていた遊女も、生き返ったように引き上げてゆきます。もっとも、これから遣り手にちくちく嫌みを言われるでしょうが。

④ 夜明けと後朝

夜のお勤めを果たし、夜明けと共に客を送り出すと、真の意味での営業が終わります。客を送る遊女の態度もいろいろです。

むりに目《め》を明《あ》いてお近《ちか》いうちと言《い》い　安四礼4

蒲団に入ったまま、無理やり目を明いて「またお近いうちに」と決まり文句の挨拶をムニャムニャ。それでも、目を明いたのはまだましな方で、

大《おお》いびき別《わか》れの情《じょう》は根《ね》から無《な》し　一三39

別れの情などまるでなく、大いびきをかいて寝たままの遊女もいます。

しかし、今後の商売には、この後朝《きぬぎぬ》（男女が共寝《ともね》した翌朝）が大切なのです。

明《あ》け方《がた》をよくしなんしと姉女郎《あねじょろう》　四八11

「明け方のサービスをよくしなさいよ」と姉女郎が妹女郎に言うのは、まことに的確な指導であります。どうするかと言えば、

後朝《きぬぎぬ》は粉《こ》のない餅《もち》を切《き》るような　宝八8 25

取り粉をつけない搗《つ》きたての餅を切るように、やたらべたべたくっつく。

一《ひと》こぶし当《あ》て近《ちか》いうち来《き》なと言《い》う　一六23

背中を拳で一つ軽く叩いて、耳元で「また近いうち来なんし」などとささやく。

すっぱりと吸《す》わせてそしていつ来《き》なんす　四七21

しっぽりと別れのキスをしておいて、「今度はいつ来なんすえ」と甘える、などなど。

さて、これで仕事は全部終わりました。疲労回復にもう一眠りしましょう。

後朝《きぬぎぬ》のあとは身《み》になる一寝入《ひとねい》り　七17

（三）営業政策

吉原では、客が吉原へやって来てたくさん金を使うように、いろいろな営業政策を考案しています。その中で、特に川柳に数多く詠まれているものをいくつかご紹介しましょう。

①仲の町の桜

三月一日になると、仲の町の通りに桜の若木を植え、急ごしらえの桜並木を作りました。これを「仲の町の桜」と言って、大勢の見物客が押し寄せたそうです。

桜《さくら》まで突《つ》き出《だ》しに出《で》る仲《なか》の町《ちょう》　七24

「突き出し」というのは、禿などを経ないでいきなり遊女として客に接することを言います。仲の町の桜が、吉原で根付いて育ったのではなく、花が咲いた状態でいきなり吉原に運び込まれたことを「突き出し」になぞらえた句です。

幕《まく》よりも簾《すだれ》の花《はな》が面白《おもしろ》い　二一25

普通の花見は、幔幕《まんまく》を張り巡らせた中から桜を見物するのですが、それよりも仲の町の茶屋に垂らしてある簾越しに見る桜の方が面白いというのです。

大木《たいぼく》の花見《はなみ》は息子《むすこ》嫌《きら》いなり　筥二11

息子は、自然の山にある大木の桜を見物するのは嫌いというのです。それよりも仲の町に咲いている若木の桜を見に行くのがお好みです。

このように遊客は仲の町の桜を楽しんでいるのですが、辛辣《しんらつ》な川柳作者の目は、これが客寄せの営業政策であることを見抜いて皮肉っているのが、可笑しいところです。

仲《なか》の町《ちょう》　桜《さくら》に人《ひと》を繋《つな》ぐ所《とこ》　五18

仲の町は、桜を設《しつら》えてこれに人を繋ぎ止めて商売をする所だというのです。「咲いた桜になぜ駒つなぐ、駒が勇めば花が散る」という俚謡《りよう》がありますが、駒ならぬ人を繋ぐ所だともじったのが趣向です。

同《おな》じ木《き》で金《かね》のなるのは仲《なか》の町《ちょう》　藐30

同じ桜の木でも、仲の町の桜の木は、客をおびき寄せて散財させる「金のなる木」だというのです。

桜《さくら》には山吹《やまぶき》の散《ち》る名所《めいしょ》なり　三六4

桜の周囲には青竹の垣を巡らせ、根本には山吹を植えたのだそうです。この句もそんな情景を詠んだ句、と見せかけて、山吹色の小判が撒き散らされることを詠んだものです。花の時期が終わって葉桜になれば撤去されます。

花《はな》までも盛《さか》りがすむと置《お》かぬ所《とこ》　七31

葉桜《はざくら》は捨《す》てものにする仲《なか》の町《ちょう》　三一22

吉原の遊女は二十七歳で年季明けになり、それ以上は置いてくれません。盛りが済んで葉桜になれば捨てものになること、桜も遊女も同じなのです。

② 玉菊灯籠

七月一日からは「玉菊灯籠《たまぎくどうろう》」のイベントが行われます。角町中万字屋に玉菊という才色兼備の遊女がいたのですが、二十五歳で死んでしまいました。この玉菊の追善のため、茶屋の軒先に灯籠を吊るすのが「玉菊灯籠」で、二日間の中休みを挟んで一か月続きます。

年年歳歳《ねんねんさいさい》玉菊《たまぎく》は客《きやく》を呼《よ》び　二九31

生前も人気の名妓でしたが、亡くなってからも年年歳歳、客を呼んでくれます。

灯籠見《とうろみ》に行《い》って女房《にようぼ》はうったまげ　拾六18

灯籠を見に行った女房が、きらびやかな吉原にびっくり仰天している様子です。普通の女性にとって吉原は縁遠い場所のように思いますが、川柳で見ると女性の見物客も結構多かったようです。

しかし、玉菊灯籠のイベントは、女性客に来てもらうためでは、もちろんありません。

灯籠《とうろう》を出《だ》して火《ひ》に入《い》る虫《むし》を待《ま》ち　六一10

「飛んで火に入る夏の虫」を待っているのは、灯籠ではなく妓楼の経営者です。

この営業作戦に乗って火に入る虫になると、後が大変です。

灯籠《とうろう》に甚《はなは》だ暗《くら》い言《い》い訳《わけ》し　一6

灯籠《とうろう》のあした油《あぶら》を親仁取《おやじと》り　一二一乙38

家に帰ってから、甚だ後ろ暗い言い訳をしなければなりませんし、息子なら親父にこってり油を絞られます。「暗い」「油」がそれぞれ「灯籠」の縁語です。

恐《おそ》ろしいこと灯籠《とうろう》が消《き》えかかり　筥一21

恐ろしいことに灯籠が消えかかっている、というのです。灯籠が消えて真っ暗になれば、それは恐ろしいことに違いありませんが、なぜそれが川柳になるの、と思われませんか。その理由は次の項でご説明します。

③ 八朔

吉原には「紋日《もんび》」という日があります。いろいろいわれもあり、該当する日も時代により変遷がありますが、要するに吉原で決めた特別の日です。客の側からすると、この日に登楼すると特別高い揚げ代を取られ、その他の諸費用や祝儀なども割増になったのだそうです。一方、遊女は特別の盛装をせねばならず、もし客がつかないと揚げ代を自己負担する決まりだったそうですから、とにかく客に登楼の約束をさせるのに必死です。ここに、もてたいけれども莫大な金は払いたくない客と、何が何でも金を持ってこさせたい遊女との熾烈な攻防戦が発生することになり、これが川柳の題材になります。

こういう特別な日である紋日の中でも、特に大きな紋日の一つが「八朔《はっさく》」です。八月一日（朔日）のこの紋日には、遊女たちは「白無垢《しろむく》」を着ることになっていました。そのいわれについて、『東都歳事記』という本に、元禄の頃に高橋という遊女がいて、病気で寝ていたが、八月一日に馴染み客が来たので、寝間着の白無垢のままで出たところ、とてもいい風情で評判になり、以後それが例になった、という意味のことが書いてあります。

さてそこで、前項最後にご紹介した「恐《おそ》ろしいこと灯籠《とうろう》が消《き》えかかり」（筥一21）です。七月も終わりに近づき、まもなく玉菊灯籠の灯が消えます。すると、次にやって来るのはあの「八朔」です。馴染みの遊女の強烈なおねだりが襲ってきます。恐ろしいことだなあ、という句です。おわかりいただけたでしょうか。

この恐ろしいことから逃れるには、灯籠見物に行かないのも一法です。

灯籠《とうろう》の頃《ころ》から君子《くんし》近《ちか》づかず　筥二10

「君子は危うきに近寄らず」です。
客が戦々恐々なら、遊女の方も、前述の通り、もし客がつかなければ白無垢の仕立代も当日の揚げ代もすべて自分の負担になりますから、不安でいっぱいです。

八朔《はつさく》が百姓《ひやくしよう》よりは苦労《くろう》なり　拾七31

太陰暦の八月一日頃は台風のシーズンで、「八朔」「二百十日」「二百二十日」は農家の三大厄日だそうです。ですから、八朔が近づくと農家は苦労が絶えないのですが、その農家よりも吉原の遊女は苦労が多いというのです。

女郎衆《じよろしゆう》はさぞと大汗《おおあせ》かいて縫《ぬ》い　一一42

遊女たちの白無垢を縫うお針も大忙しです。太陰暦では秋ですが、まだまだ残暑の厳しい頃で、大汗をかいて縫っています。「女郎衆はさぞ」とは「さぞ暑いでしょうね」という意味です。白無垢は小袖（絹の綿入れ）ですから、およそ季節に合わない代物です。
さて八月一日当日です。

別世界《べつせかい》嵐《あらし》の日《ひ》だに雪《ゆき》が降《ふ》り　一四六20

唇《くちびる》が赤《あか》いばかりの紋日《もんび》なり　四六17

嵐の日とされる八月一日なのに、別世界の吉原では「白無垢」で雪が降ったように真っ白になり、遊女の赤い唇だけが目立ちます。

帷子《かたびら》を着《き》て北国《ほっこく》の雪見《ゆきみ》なり　四六1

「帷子」は、単《ひとえ》の着物です。帷子を着た遊客が、白無垢でいっぱいの北国（吉原）の光景を目の前にして、まるで雪見のようだというわけです。

大枚をはたいて八朔に登楼した遊客には、サービス満点の閨《ねや》が待っています。

白無垢《しろむく》をぞっくり脱《ぬ》いで蚊帳《かや》へ入《い》り　八13

まだ蚊帳を吊るような季節です。遊女も暑苦しい綿入れを脱いで、蚊帳の中へ入ってきます。「ぞっくり」がいかにもいい表現ですね。

八月《はちがつ》の二日《ふつか》質屋《しちや》へ雪《ゆき》が降《ふ》り　拾七6

白無垢《しろむく》は三月《さんがつ》流《なが》れ申《もう》し候《そろ》　二二11

イベントが終わった後の白無垢は、翌日には質屋へ直行です。客に作らせた白無垢は、ほかに着る時もありませんし、換金するのが一番です。もちろん後日受け出す気など毛頭ありませんから、質流れの期限八か月後の三月には、予定通り「流れ申し候」となります。

④ 月見

続いて八月十五日は、月見をする紋日です。一日・十五日と、一か月の間に大紋日が二日ありますから、客の方も大変です。

一月《ひとつき》に風月《ふうげつ》を食《く》う痛《いた》いこと　一五9

「風月」は、自然を愛《め》でる風流な言葉ですが、一か月の間に風（八朔）と月（月見）を食うのは、痛いことだというのです。

もちろん遊女は大攻勢です。

八朔《はっさく》にもう満月《まんげつ》はちらと出《で》る　安元仁1
三日月《みかづき》の頃《ころ》から数通《すつうか》書いて出《だ》し　安四松1
もてる〳〵と思《おも》ったら月《つき》が出《で》る　安六桜4

八朔に来てくれた客に月見の話をちらとほのめかしたり、三日月の頃からせっせと文を出したり、閨の中で精いっぱいサービスしておねだりしたりします。最初の句は、太陰暦の一日は新月なのに満月（の話）がちらと出る、という表現が趣向です。

これに対する客の態度は二つです。

早々に尻尾を巻いて逃げる客もいます。

けちな客《きやく》二月余《ふたつきあま》り寄《よ》りつかず　二四10

足元《あしもと》の真《ま》っ暗《くら》なうち月《つき》を逃《に》げ　五一5

八月を中心に二月余り寄りつかないのがいちばん安全ですが、「足元の明るいうち」ならぬ「足元の真っ暗なうち」すなわち新月のうちに逃げる算段をすれば間に合います。

しかし、逃げ損なってか匹夫の勇か、仕舞いをつける（登楼の約束をする）客もいます。

よく丸《まる》められて息子《むすこ》は月《つき》を背負《しよ》い　五七14

「丸める」は、巧みに言いくるめて思い通りにすることですが、月見団子の暗示です。

月《つき》の座《ざ》へ息子《むすこ》は開《ひら》き直《なお》るなり　一八36

「月の座」は、俳諧連歌で月を詠むこととされている箇所のことですが、ここでは月見の席のことです。「座に直る」は決められた席に着くことですが、「開き直る」と掛詞《かけことば》になっていて、多額の出費を覚悟の上で開き直って仕舞いをつけたというのです。

風負《かざま》けもせず十五夜《じゅうごや》を仕舞《しま》うなり　一七41

「風負け」は、風圧に耐えられないで、折れたりしなったりすることです。八朔（風）の散財による資金難にもめげず、月見まで頑張るとはあっぱれというほかはありません。

さらに、九月十三日にも月見があります。これを「後《のち》の月」と言います。八月十五日の月見をして後の月の月見をしないことを「片月見」と言って忌むことになっていました。

片月見《かたつきみ》じゃあ気《き》にかかりいすからね　九三23

などと遊女に言われると、すっかりその気になる御仁も多かったようで、

北国《ほっこく》の団子《だんご》を息子《むすこ》二《ふた》つ食《く》い　安四桜4

あやされた息子《むすこ》ののの様《さま》二度拝《にどおが》み　七二12

この息子は二回とも散財したようです。「ののの様」は「月」の小児語です。

こんな大散財をしていれば、いずれ身上が傾くことになりかねません。

身上《しんしょう》の傾《かたむ》く迄《まで》の月《つき》を見《み》る　一二11

百人一首「やすらはでねなまし物《もの》をさよ更《ふ》けてかたぶくまでの月《つき》を見《み》しかな」（赤染衛門）の文句取りが趣向です。

第三章　〝もてたい〟人々——遊客百態

さて、ここまで吉原への行き方や現地の様子をご紹介しましたので、この章では、どんな人たちが吉原へ行ったのかご紹介しましょう。

(一) 息子

川柳には、いろいろな約束事があります。たとえば、「姑」は意地悪で嫁いびりをすると決まっています。「信濃者」は大飯食らいで「伊勢屋」はケチです。そして「息子」と出てきたら、それは「どら息子」というのが川柳の約束です。

① 色気づく息子

川柳に出てくる「息子」は、だいたい大商家などの金持ちの若旦那です。最初は学問に励むのですが、そのうち色気が出てきて親の目をかすめるようになります。

細見《さいけん》を四《し》書《しょ》文選《もんぜん》の間《あい》に読《よ》み　一〇18

「細見」は吉原の案内書です。四書や文選など難しい漢籍を勉強する合間に、細見を読んだりするのが「どら」の始まりです。

足音《あしおと》がすると論語《ろんご》の下《した》へ入《い》れ　傍二32

『論語』の勉強をしている間に、細見など読んでいたところ、足音がして誰か来る気配なので、あわてて『論語』の下に隠したのです。

細見の隠し読みしているうちに、だんだん学問に身が入らなくなり、

細見《さいけん》は分《わ》かり論語《ろんご》は分《わ》からねえ　天八10 15

となってくると、危険水域です。ついには、

中道《ちゅうどう》にして四書《ししょ》などを売《う》り払《はら》い　傍一26

学問の道を半ばに放棄して四書を売り払うところまでくると、本格的などらの道に突き進むことになります。「中道にして」は、『論語』の「力足らざる者は中道にして廃す」の文

句取りです。『論語』は四書の一つですから、ピッタリの文句取りです。

② 悪友たち

どら息子にはどら仲間がいます。親に覚られないように息子を誘い出しに来ます。

新内《しんない》が通《とお》ると息子《むすこ》身《み》拵《ごしら》え　筥一45

悪友が合図の新内節を口ずさんで表を通ると、それを聞いた息子が吉原へ行く準備をする段取りです。遊里で好まれた新内節を使うとは、この悪友もなかなか粋な奴です。

しかし、親の目も節穴ではありません。遊びの誘いと見破れば、ガードを固めます。

引《ひ》き出《だ》しにうせたと親父《おやじ》つきまとい　六32

父親は、「息子を吉原へ引き出しに来やがったな」とうるさくつきまとい、

友達《ともだち》へ留守《るす》でござると母《はは》の声《こえ》　安三仁3

母親は母親で、「いま留守なのよ」とやんわり断ったりします。

面白いもので、親の目から見ると、「うちの息子は悪い子ではない。あの友達が吉原へ

誘うから息子がどらになる。あの友達が悪いのだ」と思うものらしいです。ですから、

其《そ》の連《つ》れを憎《にく》み其《そ》の息子《むすこ》憎《にく》まず　安七仁2

という句ができるのですが、これは「其の罪を憎んで其の人を憎まず」のもじりです。『孔叢子』の「刑論」篇にある言葉ですが、直接的には『仮名手本忠臣蔵』（九段目）の「君子は其罪を悪《にく》んで其人を悪《にく》まずといへば」の文句取りでしょう。そして、結局のところ、

あれと出《で》るなと両方《りようほう》の親《おや》が言《い》い　一九4

ということになります。「両方の親が言う」のが可笑しいですね。

③ そのいでたち

吉原でもてようとすれば、身なりも当世風に「きんきん」でなければなりません。

当世《とうせい》のきまりは本田銀煙管《ほんだぎんぎせる》　明元仁2

何はともあれ、頭は本田髷、持ち物は銀煙管、というのが当世風の標準スタイルです。「本田髷」は、『日本国語大辞典』に「江戸中期以降に流行した男子の髪型。中ぞりを大き

く、まげは高く結び、髷には油をつけないでくしの目を通し、後ろの方に油をつけたもの。通人、遊び人が好んだ」と解説があります。「銀煙管」は銀製の煙管です。

あくまで黒《くろ》い羽二重《はぶたえ》で息子《むすこ》出《で》る　拾四30

羽織は黒羽二重です。羽二重は、薄手でなめらかで艶のある上等な絹織物で、まずは良家の息子といういでたちです。「あくまで黒い」は変な言い回しですが、これは孟子「人之道あるや　飽くまで食らいあたたかに着」のもじりだろうと思います。

大丸《だいまる》と越川《えちかわ》でどら身拵《みごしら》え　六六4

着物はもちろん「大丸」の仕立て、「越川」は池之端にあった有名な袋物屋です。身の回りすべてブランド物でなくてはなりません。ただし、そんな形《なり》で家を出ようとすれば、親に叱られるのは必定ですから、一計を案じる息子もいます。

油断大敵普段着《ゆだんたいてきふだんぎ》で息子《むすこ》出《で》る　一〇六33

普段着で家を出て、中宿で「きんきん」に着替えるのでしょう。中宿は、吉原へ行く人が、着物を着替えたり、遊女との連絡を取ったりするために使う場所のことです。

④ 夢中になる

ひとたび「どら」の道に踏み込むと、なかなか抜け出せなくなります。もちろん遊ぶこと自体が楽しいからではありますが、息子なりの理屈もあるのです。

傾城《けいせい》を買《か》うと男《おとこ》が生《い》きてくる　一二29

男に生まれたからには、必ず吉原を経験すべきである。傾城買いをする中で男が磨かれ、立派な男になるのだ。だから、吉原へ行くのだというのです。まことに勝手な理屈ではありますが、粋を尊び野暮を蔑《さげす》むのが息子の生きている江戸の社会を支配する価値観だとすると、あながち頭から否定できない気もします。

当然のことながら、それには多額の費用が掛かります。しかし、

息《むす》子《こ》思《おも》えらく三分《さんぶ》がものはあり　二二6

揚げ代三分という最高級の遊女を買って、息子の感想は「やはり高級遊女はいいものだ。三分を払ってもそれだけの価値はある」というのです。男を磨く目的があって、コストパフォーマンスにも納得がいけば、もう止まりません。

後先《あとさき》を見《み》るが息子《むすこ》は嫌《きら》いなり 安七智4

後先を見ずにどらの道を突っ走ることになります。もちろん、親に叱られて「もう二度と行きません」などと、約束をさせられることもありますが、それもせいぜい四、五日のことです。

ふっつりと息子《むすこ》四五日《しごにち》思《おも》い切《き》り 傍四37

「ふっつりと思い切った」と言っても、それが「四、五日」の間だけだったというのが、いかにも可笑しい句です。

⑤ **母親にせびる**

さて、そうは言っても、息子の身分では軍資金が枯渇します。そんな時、差し当たって頼りにするのは母親です。古今東西を問わず、母親は息子に甘いことになっています。

母親《ははおや》はもったいないがだましよい 一36

息子の率直な述懐です。申し訳ないけれども、母親はやっぱり騙しやすいね、となめているのです。

お願《ねが》いはまた壱分《いちぶ》かと母叱《ははしか》り　一七8

何かと理由をこじつけては、「一分おくんなさい」とねだる息子。「また一分かい」などと叱りながらも、

あとねだりしやるなと母壱分出《ははいちぶだ》し　安七仁1

「もうこれきりだよ。またおねだりしてもだめだよ」などと言って、結局は用立ててやる甘い母親です。あるいは、

お袋《ふくろ》は拝《おが》まれて出《だ》す小紋無垢《こもんむく》　六28

「この通りだ、拝むから」などと懇願されて、大切な「小紋無垢」を質草に出してやったりします。小紋無垢は、裏表共に白地に同色の小紋を浮き織りにした着物です。

こうした単純なおねだり戦術がだんだん通じなくなると、一芝居打ったりします。

死《し》んでくりゃるなとほまちを母《はは》は出《だ》し　傍一16

「この借金が払えないと死ぬしかない」などという脅しに引っかかって、母親はほまち（へそくり）を出してやります。「オレオレ詐欺」の原型のような話です。

懲りた母親が簡単には金をくれなくなると、ついには母親のへそくりの隠し場所を探し出して、くすねたりするようになります。

隠《かく》し引《ひ》き出《だ》しを明《あ》け母《はは》ぎょっとする　一五35

母親が、隠し引き出しを開けてぎょっとしたのは、そこに隠しておいたへそくりがなくなっていたからです。息子の仕業に違いありません。そんなこともあろうかと、

ちょっ〳〵と金《かね》の置《お》き所《どこ》母《はは》は替《か》え　藐9

へそくりの置き場所を変更したりして、多少の用心はしていたのですが、

お袋《ふくろ》もお袋鍵《ふくろかぎ》を釘《くぎ》へ掛《か》け　一二7

へそくりを隠した場所の鍵を、壁に打った釘にでも無造作に掛けておいたりする。まあ、親の金をくすねる息子が悪いことは間違いないのだが、お袋もお袋でそんな甘いことをしておくから、息子がどらになるのだ、と第三者の評です。ですから、

ちっとずつ母手伝《ははてつだ》ってどらにする　一九8

という句も作られようというもの。甘い母親が「どら息子」を育てることになるのです。

⑥家の金を浪費する

吉原通いが佳境に入ると資金需要は増大、母親のへそくり程度では到底足りなくなって、やがて家の金に手をつけるようになります。

一箱《ひとはこ》を息子《むすこ》だん〳〵軽《かる》くする　二四19
一箱《ひとはこ》を息子《むすこ》十度《とたび》に盗《ぬす》み出《だ》し　八17

この「箱」は千両箱。小判一枚一八グラムとして二〇キロぐらいの重さがある計算になりますが、これを一度に百両ずつ盗み出して、だんだん軽くするわけです。

爪《つめ》の火《ひ》を子息《しそく》夜《よ》な〳〵消《け》しに行《ゆ》き　三五11

その千両箱の小判は、父親が「爪に火を灯す」（けちのたとえ）ようにして貯めたもの。それを息子が夜な夜な費消しに出かけるのです。

ある上《うえ》を伸《の》ばすが息子気《むすこき》に入《い》らず　六40

親としては、財産はできるだけ増やしたいのですが、「これだけ財産があれば、もう増やさなくてもいいじゃないか。稼いだ分は使おうよ」というのが、息子の言い分です。

貯《た》めたがる使《つか》いたがるで不断《ふだん》もめ　一〇15

⑦ 朝帰りの攻防

ここまで来ると父親も看過できず、吉原に泊まって朝帰って来た息子を捕まえて、厳しく叱責しようとしますが、なんとか逃れようとする息子に、おろおろしながら息子を助けようとする甘い母親が加わって、複雑な三つ巴の攻防戦が始まります。

〆《しめ》る気《き》で親父子《おやじね》に伏《ふ》し寅《とら》に起《お》き　安元義5

父親は、息子がどんな時間に帰ってこようと締め上げるつもりで、子の刻（午前零時）に寝て、寅の刻（午前四時）には起きて待ち構えています。「子に伏し寅に起きる」は、勤勉によく働くことを表す諺です。どら息子を捕まえる句に使ったのが可笑しいですね。

息子の方も、そんなことは感づいていますから、何かいい方策はないかと考えるのですが、簡単には思いつきません。

朝帰《あさがえ》り行《ゆ》く時《とき》ほどの知恵《ちえ》は出《で》ず　六34

「託けの吉原」（33頁）でご紹介したように、出かける時はいろいろ知恵を絞ってうまくいったのですが、その時のような名案は浮かびません。考えながら帰ってくるうちに、

朝帰《あさがえ》りだん〳〵内《うち》へ近《ちか》くなり　一一10

だんだん家が近づいてきます。心境を見事に表現した名句です。

いっそ馬糞《ばふん》にしようかと朝帰《あさがえ》り　安九松4

いよいよ切羽詰まって、「昨晩、帰り道で狐に化かされました。お土産に饅頭を貰ったと思ったら馬糞でした」と言い訳してみようかなど、突拍子もないことを考えたりします。

しかし、そんなお芝居をしても、父親から、

この野郎馬屎《やろうまぐそ》なんぞを食《く》うものか　一五七18

と一喝されるのがオチでしょう。

こうなったら最後の望みで、父親の目をかすめて裏口から家に入り、昨夜からずっと家にいて今起きた振りをするしかありません。

今起《いまお》きた顔《かお》が息子《むすこ》は上手《じょうず》なり　天三桜2

そんなことを考えて遠くから様子を窺ってみると、

朝帰《あさがえ》り遠《とお》くで見《み》れば掃《は》いている　八41

残念！　親父が家の周りを箒で掃いています。どうしようもありません。

進退窮まっていると、家の陰から母親が顔を出して、小さくかぶりを振るのが見えます。

朝帰《あさがえ》り母《はは》のかぶりで横《よこ》へ切《き》れ　五30

「今見つかるとひどく怒られるから、家に来なさるな。横道へ入りなさい」という合図です。母親はどこまでも甘いのです。

しかし、いろいろ策を弄しても、結局は父親にお説教を食らうことになります。

さあそれが悪《わる》いと異見冴《いけんさ》え返《かえ》り　蘒27

怒られる時は、ひたすらおとなしくしているに限ります。言い訳などしようものなら「さあ、そういうことを考えているところが、お前のだめなところだ」などと、ますます厳しく叱られることになります。それを見かねた母親が、

だけれども付《つ》き合《あ》いならと母《はは》なだめ　筥二4

「だけれども、付き合いで行くのなら、仕方がないじゃありませんか」などと、息子をかばって父親をなだめにかかります。しかし、父親にとっては、母親のそういう甘いところも気に入りません。

おのしもというが異見《いけん》のなぐれなり　四27

「お前もお前だ」と、息子への意見のとばっちり（なぐれ）が、母親に向かいます。「おのし」は「おぬし」の訛りです。

このように、両親がどら息子のことでいろいろ心を砕いているのに、当の本人が意外にへこたれていないのが可笑しいところです。

異見聞《いけんき》く面《つら》に糸瓜《へちま》が鈴《すず》なりし　明元宮2

「糸瓜とも思わず」は、少しも意に介さないという意の諺です。ここで反省しておけば、後述のように座敷牢へ入れられたり、勘当《かんどう》されたりすることはなくて済んだでしょうが、親の意見ぐらいで吉原行きを諦めるのは男じゃない、と思うのが息子なのです。

そう思ってみると、親の意見の仕方をからかっている句が散見されるのも、興味深いところです。川柳作家が男だからでしょうか。

どういう了見《りようけん》だに息子《むすこ》困《こま》るなり　一二13

「どういう了見で吉原へ行くのだ」と言われても、行きたいからとしか言いようがないし、

親《おや》の気《き》になれとは無理《むり》な叱《しか》りよう　一〇14

「少しは親の気にもなってみろ」と言われても、俺は親じゃないし、

無理《むり》な異見《いけん》は魂《たましい》入れ替《か》えろ　二四15

「これから魂を入れ替えて仕事に精を出せ」と言われても、魂は入れ替えられないし！

⑧ 座敷牢へ入れられる

いくら叱っても改まらないとなると、もはや物理的に足止めするほか方法はありません。ここで登場するのが「座敷牢」です。座敷牢は、座敷を格子で仕切って、どら息子などを押し込めておくところです。

親類《しんるい》の中《なか》に大工《だいく》もかしこまり　安四梅1

どら息子の処置をどうするか、親類が集まって相談をする中に、大工がかしこまった態度で控えています。座敷牢入牢で衆議一決すれば、直ちに大工に発注する態勢なのです。もっとも、すんなりと受注する大工ばかりとは限りません。

座敷牢出入《ざしきろうでい》りの大工辞退《だいくじたい》する　安四義3

なにしろお出入り先の若旦那を入れる座敷牢ですから、やはり躊躇はするでしょうね。将来、許されて家督を継いだ時に「あの時はよくも……」などとしっぺ返しを食うリスクがないわけではありませんし。しかし、おおかたの大工は、

気《き》の毒《どく》なことと大工《だいく》は取《と》りかかり　安八礼9

気を遣いながらも、仕事に取りかかります。そんなこととは露知らぬ息子は、

牢普請《ろうぶしん》真《ま》っ最中《さいちゅう》は息子《むすこ》もて　安八桜4

吉原で脳天気に過ごしています。なにしろ座敷牢に入れようというほどの大散財をしているわけですから、もてるのは当然です。しかし、朝帰りをしてみると、

朝帰《あさがえ》り大工四五人門《だいくしごにんかど》で逢《あ》い　玉15

門口で大工四、五人に逢います。「おやおや、何だろう」と家に入ってみますと、

朝帰《あさがえ》り座敷《ざしき》へ伝馬町《てんまちょう》が出来《でき》　二二42

すっかり座敷牢が出来上がっています。ご存じの通り「伝馬町」は牢屋のあったところで、たちまち、入牢となる次第です。

こんな事態になっても、相変わらず息子に甘いのは母親です。

八畳《はちじょう》に願《ねが》って母《はは》は叱《しか》られる　一四42

「せめて八畳の広さにしてやってほしい」などと言い出して、叱られたりします。さらに、

座敷牢文《ざしきろうふみ》を届《とど》けて母不首尾《ははふしゅび》　二一19

遊女から来た手紙を座敷牢の息子に届けてやるという、まことに具合の悪い行動をしたりします。もっとも、遊女からの情緒纏綿《てんめん》たる手紙もすべて営業用で、遊女本人は、

まずいこと入牢《じゅろう》とやらをしいんした　安八礼6

「入牢とやらをしいんしたそうよ。まずいことでありんす」などと冷淡なものです。

⑨ 勘当される

座敷牢に入れられても、しばらくおとなしくしていれば、

伯父様《おじさま》が常《つね》の座敷《ざしき》にして帰《かえ》り　二五30

伯父様が親に詫びを入れて座敷牢を撤去、息子を解放してくれることもないではありません。しかし、幸い座敷牢から出されても、またどらが復活するようになれば、ついには「勘当《かんどう》」されることにもなりかねません。勘当は、親子関係を切って家から追い出すことです。

追い出された息子は、川柳では下総《しもうさ》の銚子へ行くことになっています。

銚子《ちょうし》への路銀《ろぎん》に払《はら》う銀煙管《ぎんぎせる》　五42

どら息子の象徴である銀煙管も売り払って、銚子へ行く路銀に充てられます。

どらがこと頼《たの》むと母《はは》は干鰯船《ほしかぶね》　明四礼1

干鰯は油を搾った後の鰯を乾燥させた肥料で、これを運ぶのが干鰯船です。銚子から江戸へ干鰯を運んできた船に乗って、息子が銚子へ出発するのを見送る母。干鰯船の船頭に「息子をよろしく願いします」と依頼するのです。どこまでも甘い母です。

罪《つみ》あって息子《むすこ》銚子《ちょうし》の月《つき》を見《み》る　七2

源中納言顕基《あきもと》の言葉「罪無くして配所の月を見る」のもじりで、「配所」は罪によって流された場所のことです。句意は「罪無くして配所の月を見る」という言葉があるけれど、息子は放蕩という罪あって銚子の月を見ることになったということです。八月十五日の月見で大散財したために勘当され、後の月見は「配所」でする羽目になったのでしょう。

さて、息子の銚子での生活はどうなんでしょうか。

勘当《かんどう》の羽二重《はぶたえ》でいる不働《ぶはたら》き　五42

この息子は、相変わらず羽二重の着物を着て、何の働きもせずのほほんとしているようです。しかし、収入がないわけですから、いずれ金に困ります。

羽二重《はぶたえ》は嫌《いや》と銚子《ちょうし》の質屋《しちや》言《い》い　八34

やむを得ず羽二重の着物を質入れしようしたところ、銚子の質屋は、羽二重など見たこともないから値がつけられないし、もし流れても羽二重を買う人などいないから処分できない、そんな質草は嫌だと断られる始末です。

後《のち》の月《つき》生《い》きた鰯《いわし》で飲《の》んでいる　拾七4

「やっぱり銚子の鰯は生きがいいや」などと、後の月を見ながら酒を飲んでいるようでは、反省の色は見られません。

漁師仲間《りょうしなかま》へ入《い》り候《そろ》とどらが文《ふみ》　一二42

しかし、中には漁師になって真面目に働き始めたらしいどら息子もいます。しばらく頑張れば許してもらえるかも知れません。

勘当《かんどう》がゆりて下総言葉《しもうさことば》なり　安四義6

今《いま》でこそ笑《わら》えと銚子《ちょうし》話《ばなし》なり　一五38

下総言葉がすっかり板についた頃に勘当が許されて（ゆりて）、「今だから笑い話で話せるけれど、漁師の仕事は結構きつかったよ」などと話せるようになれば、めでたしめでたしです。

（二）亭主

次は「亭主」です。「息子」の吉原行きの障害物は「親」ですが、亭主のそれが「女房」であることは言うまでもありません。女房をどうやって騙して出かけるか、翌朝帰って来た時、女房の攻撃にどう対処するか。虚々実々の攻防戦をご紹介しましょう。

①女房を騙す

前の章で「母親《ははおや》はもったいないがだましよい」（一36）という句をご紹介しましたが、息子に甘い母親を騙すのはチョロいものでした。しかし、古強者《ふるつわもの》の女房は、

女房《にようぼう》はお袋《ふくろ》よりも邪魔《じやま》なもの　六20

お袋とは比べものにならない強敵ですから、吉原へ出かけるには相当な作戦を要します。

女房《にようぼう》の聞《き》くように読《よ》む偽手紙《にせてがみ》　六5

偽物の手紙は寄合の招集状などが適当でしょうか。遊び仲間に一筆書いてよこさせて、女房に聞こえるように読むのです。

誘《さそ》う奴内儀《やつないぎ》が立《た》つと傍《そば》へ寄《よ》り　三40

もちろん誘いに来た仲間も抜け目はありません。内儀がいるうちは世間話などをしていて、内儀が立った隙に傍へ寄って「これからどうだい」などと切り出すのです。「内儀」は「他人の妻を敬っていう語」と辞書にはありますが、川柳の鑑賞では大雑把に女房と同じと思っていただいて結構です。

方角《ほうがく》を違《たが》えて内《うち》を出《で》て見《み》せる　藐26

話がまとまっても、一緒に出かけるようなヘマはしません。何の関係もなさそうに別々の方角へ出て見せるのです。

②　女房お見通し

あらかじめ覚《さと》って女房《にようぼ》へへんなり　一三37

亭主の涙ぐましい努力にもかかわらず、女房はあらかたお見通しです。

あの義理《ぎり》のこの義理《ぎり》のとて出《で》られやす　三一27

男たるもの義理を欠くわけにはいかないと、あの義理のこの義理のと言って出られやすが、行く先はわかってますよ。

私《わたし》をば化《ば》かした気《き》さと女房《にようぼ》言《い》い　玉2

いろいろ口実を考えて私を騙した気らしいけど、下手な嘘だねえ。

まじめな顔《かお》が可笑《おか》しいと内儀《ないぎ》言《い》い　筥二追3

それをまた、まじめな顔で言うから、よけい可笑しいものさね。

隠《かく》さずとお出《いで》と内儀《ないぎ》見抜《みぬ》くなり　六26

そんなに行きたかったら、隠さないで堂々とおいでな。ほんとにもう！

③女房抵抗する

前項の女房たちは、多少大目に見てやろうかという気分がないわけではなさそうですが、もちろん、厳しく抵抗する女房もいます。

友達《ともだち》を女房《にょうぼ》は面《つら》で脅《おど》すなり　一一25

誘いに来た友達を怖い顔でにらみつけます。にらむだけなら、

御内儀《おないぎ》がにらめたっけと連《つ》れは言《い》い　五31

吉原へ行く道で、「さっき御内儀が俺をにらみつけたなあ。怖かったよ」などと半分冗談で済みますが、

言《い》うまじき口上《こうじょう》女房《にょうぼ》連《つ》れへ言《い》い　一〇23

女房が「もう亭主を誘いに来ないでおくれ」など、言ってはならない言葉を友達に言ってしまっては、亭主の面目を失うことにもなりかねません。
亭主に対して、実力行使に出る女房もいます。

その形《なり》で行《い》きなと女房《にようぼ》聞《き》きかじり　一八26

亭主と友達の吉原行き相談を小耳に挟んだ女房、亭主が「いい着物と羽織を出せ」などと言うのに、「どこへ行くんだい、その形で行きな」などとふてくされているのです。

なぜ急《きゆう》に要《い》るえと女房《にようぼ》縫《ぬ》わぬなり　一四2

亭主が、「早く縫い上げろ」と女房を急《せ》かせたのに対し、「なぜ急に要るのだえ」と縫うのを嫌がっています。よそいきの着物か羽織の類でしょうか。もちろん、なぜ急に要るのか、わかっているからの抵抗です。

④　**朝帰り**

さて朝帰り。息子の場合は怖い親父が待っていましたが、亭主には仏頂面をした女房が待っています。

怖《こわ》い顔《かお》したとてたかが女房《にようぼ》なり　一五2

女房は怖い。しかし帰らないわけには行かないから、覚悟を決めて帰ろう。怖い顔したところで、たかが女房じゃないか！　と考えることにしよう……。

さあこれから喧嘩《けんか》だと四《よ》つ手《で》を出《で》る　筥四4

弱みを見せてはいけない、これから女房と喧嘩だ、と先制攻撃の気力をみなぎらせて、四つ手駕籠から下りてくる亭主です。

朝帰《あさがえ》りぞんざえるなら去《さ》る気《き》なり　明三松2

「ぞんざえる」は「ふざける」、「去る」は「離縁する」という意味です。ふざけたことを言いやがったら、女房なんぞ離縁だ、と意気軒昂です。一方、待ち構える女房の方は、

叩《たた》きなさろと開《あ》けるなと下女《げじよ》に言《い》い　安七鶴2

「旦那様が戸を叩きなさっても、開けてはいけませんよ」と下女にきつく言いつけてありますから、亭主が戸を叩いても、なかなか開けてもらえません。

腹《はら》さんざ戸《と》を叩《たた》かせて女房《にようぼ》起《お》き　安七閏75
どっちらがべらぼうだかと起《お》きて開《あ》け　一四27

亭主にさんざっぱら戸を叩かせてから起き上がり、亭主が「早く開けねえか、べらぼうめが」などと怒鳴るのを、「どっちがべらぼうだか」とふてくされながら開けてやります。ここまで来ると、近所の人も気がつきます。

朝帰《あさがえ》りそりゃ始《はじ》まると両 隣《りようどなり》　七8

「そりゃ、派手な夫婦喧嘩が始まるぞ」と、両隣の住人が興味津々です。
両隣の期待を担っての夫婦喧嘩は、まず罵詈雑言《ばりぞうごん》の言い合いから始まります。

比類無《ひるいな》き雑言《ぞうごん》を聞《き》く朝帰《あさがえ》り　一一18

「比類無き」とは大げさな表現ではありますが、女房から思いっきり悪口を言われた亭主、

朝帰《あさがえ》り高飛車《たかびしや》でうぬだまりおろ　天二義1
朝帰《あさがえ》りあばた面《づら》めと言《い》い募《つの》り　七18

高飛車に出て「おのれ、黙りおろう」「このあばた面め」などと怒鳴ってみても、口では所詮女房にはかないません。

摺《す》り子《こ》木《ぎ》の出《で》るのは安《やす》い朝帰《あさがえ》り　傍五14

そこで、手近にあった摺り子木を振り回すという品のない実力行使になりますが、

朝帰《あさがえ》り叩《たた》かれそうな物《もの》をのけ　明六礼4

という手回しのよい女房もいますから、結局、知恵でも女房の敵ではありません。従って、朝帰りの亭主としては、

朝帰《あさがえ》り女房《にょうぼ》が言《い》うとごもっとも　五27

女房が何か言ったら「ごもっとも」と低姿勢でやり過ごすのが一番です。女房の方も、あまりやり込めないで大目に見てやるのが賢いやり方です。どうせあなたの亭主、

女房《にょうぼう》のじれるほどにはもてぬなり　安九梅1

といったところですから。

⑤居続け

朝帰りの句をご紹介したところで、「居続け」の句をご紹介しておきます。居続けというのは、吉原で一泊し、翌日以降も自宅に帰らないでそのまま妓楼に居続けることです。もちろん亭主のみならず、息子やその他の遊客もすることですが、便宜上ここでまとめてご紹介しておきます。

居続けする理由は、もちろんもう少し遊んでいきたいということですが、「帰れないから仕方がない」という格好な理由が「悪天候」です。

居続《いつづ》けに用《もち》いてよしがちいらちら　二一8

特に雪でも降ろうものなら、これ以上の理由はありません。うまい具合にちらちらし始めたというのです。「用いてよし」は薬の能書きの常套句です。

雪《ゆき》なればよしとずっぷり引《ひ》っかぶり　二14

朝起きてみると雪。雪なら居続けだと覚悟を決めて、またずっぷりと蒲団を引っ被って朝寝を決めます。

居続けをすれば、家に帰る手間も省けてたっぷりと吉原を楽しめるのは当然ですが、川柳を見ると、商売気を離れた素顔の吉原に親しめるという利点もあるような気がします。

居続《いつづ》けに初《はじ》めて見出《みだ》す白《しろ》あばた　三27

相方の遊女が素顔でいたのでしょう。いままで夜に化粧をした顔しか見ていなかったので気がつかなかったけれど、白昼に素顔を見て白あばたがあるのを発見したというのです。白あばたは疱瘡の跡が白く残ったもので、あまり欠点ではなく、むしろチャームポイントぐらいに見られていたようです。遊女がすっぴんでいるのは、気を許している証拠だと悪い気はしないでしょう。しかも白あばたの美人なのですから。

卜筮《ぼくぜい》が得手《えて》で居続《いつづ》け忙《いそが》しさ　一〇16

「卜筮」は、占いのことです。占いの得意な遊客のところへ遊女たちが「あちきも占ってくんなまし」と集まってくるので、大忙しです。商売気を離れて親しむ時間です。もっとも、楽しんでばかりもいられません。いずれ自宅から厳しい迎えが来ます。

居続《いつづ》けのむかいきついは女房《にょうぼ》なり　四23

居続《いつづ》けをつかみ出《だ》す気《き》で親父出《おやじで》る　二〇10

しかし、そんなことを恐れていては居続けはできません。

居続《いつづ》けは二寸切《にすんき》られる覚悟《かくご》なり　二37

諺に「一寸切らるるも二寸切らるるも同じ事」とあります。一寸でも二寸でも切られる痛さは同じ。結果に多少の違いはあっても、事の本質には変わりないというたとえです。どうせどらで怒られるからには一泊でも二泊でも同じだと覚悟を決めての居続けです。

⑥入り聟の悲哀

同じ「亭主」でも「入《い》り聟《むこ》」の場合は、ちょっと違う立場です。入り聟というのは、家付きの娘と結婚してその家に入った聟です。なにしろ女房は家付きの娘ですから、何かにつけて威張っていて、亭主の行動を束縛します。吉原へ行くなどとんでもないことです。仲間と一緒に吉原へ行ったりしたら、

付《つ》き合《あ》いをよくする聟《むこ》は追《お》ん出《だ》され　二二24

ということになりかねませんから、仲間と出かけたときに、連中が吉原へ流れるようなら一人淋しく帰って来るというのが川柳の約束です。

入《い》り聟《むこ》のつらさ花《はな》なら花《はな》っきり　一三20

花見を口実に吉原へ行くのは男共の定番ですが（36頁）、辛いことに入り聟はそうは行きません。花見に行ったら花見だけで帰るのです。

聟用《むこよう》を紅葉《もみじ》の下《した》で数《かぞ》えたて　一四23

正灯寺の紅葉から吉原へ流れる（38頁）時も同様です。「この後、あんな用事とこんな用事がありまして、ちょっと都合が……」と、一緒に行けない理由を数えたてるのです。

聟《むこ》の拝《おが》むのが面白《おもしろ》さに誘《さそ》い　籠三23

仲間にも悪い奴がいて、聟を吉原に誘えば「それは勘弁してほしい」と拝むのが面白いと、わざと誘ったりします。しかし、それは少々悪ふざけだと、

泣《な》き出《だ》すわ放《はな》してやれと隅田川《すみだがわ》　安四義2
そう怖《こわ》いものかと聟《むこ》を帰《かえ》すなり　安四義4

ととりなす仲間もいます。結局、

どっと笑《わら》われ渡《わた》し場《ば》で聟別《むこわか》れ　一九2

仲間に嘲笑されながら、途中で別れることになります。この「渡し場」は、向島から吉原方面へ渡るに便利な「橋場の渡し」でしょうか。

(三)武士(浅黄裏)

武士も吉原へ行きます。行きますどころか、山東京伝の『志羅川夜船《しらかわよふね》』という本に「当世吉原の客ハ七分武士にして三分町人なり」とあるくらいですから、吉原にとって武士は大事な客のはずですが、川柳では、武骨で野暮で徹底的にもてないことになっています。中でも、川柳でスター扱いされているのが「浅黄裏《あさぎうら》」で、気の毒なほど嘲《あざけ》られております。「浅黄裏」とは、本来は「浅黄色の裏地を付けた着物」のことですが、こういう着物を着ることが多かったことから、「参勤交代で江戸勤番に出てきた田舎侍」のことを言います。「姑」や「息子」が独特の意味を持っているのと同様に、川柳で「浅黄裏」(略して浅黄)と言えば、「吉原でもてない田舎侍」というのが約束です。

以下、武士の句をご紹介しますが、吉原へ行く武士は、田舎侍ばかりではなく江戸に定住している旗本・御家人もいます。「浅黄裏」の語句がない句は、どちらを詠んだ句かわからない場合もありますが、いずれにしても「野暮でもてない武士」という「趣向」で詠んだものですから、アバウトに割り切って可笑しがっていただきたいと思います。

① 門限厳守

浅黄裏には門限があります。だいたい暮れ六つ（六時頃）までには藩邸に帰らなければなりません。従って、吉原遊びは「昼見世」へ行くことになります。

昼買《ひるが》いに行《ゆ》かまいかやと浅黄同士《あさぎどし》　二〇19

「昼買いに行かまいかや」と田舎弁丸出しで、浅黄裏同士が吉原行きの相談をしているのですが、「行かまいかや」ではもてそうにありませんね。

人《ひと》は武士《ぶし》正九《しょうここの》つに女郎買《じょろうか》い　拾七29

「正九つ」は真昼の十二時です。「人は武士」は「花は桜木人は武士」の援用で、女郎買いの句に「人は武士」と大仰に切り出したところが可笑しい句です。

そんな時刻に登楼すれば、

まだ出来《でき》ぬ顔《かお》へしかける浅黄裏《あさぎうら》　八30

まだ化粧もしていない遊女を抱こうということになり、拒絶されるのが関の山です。いずれにしても、

侍《さむらい》は居《すわ》ると直《す》ぐに時《とき》を聞《き》き　拾六18

妓楼の座敷に座るとすぐに時刻を聞くという、慎重な態度が武士には要求されます。つい夢中になって、

遊《あそ》び過《す》ごして浅黄裏《あさぎうら》駆《か》けるなり　安四叶3

という醜態を演じないよう、ご用心、ご用心。

②刀を預ける

吉原では、武士といえども帯刀で登楼することはできないルールになっています。

人《ひと》は武士《ぶし》なぜ町人《ちょうにん》になって来《く》る　五23

「人は武士」は、前の句（①門限厳守）と同じく「花は桜木人は武士」の援用です。そういう誇り高い武士が、なぜ刀を持たない町人になって吉原へ来るのだろうというのです。もちろん、帯刀では登楼できないルールを知っての上での作句ですが、「侍は吉原じゃもてないからね、だから……」という含意が後ろにあるのです。

上《あ》がり口《ぐち》まず魂《たましい》を奪《うば》われる　八二10

引手茶屋を通して遊ぶ時は、茶屋に刀を預けますが、直接登楼する時は、二階への上がり口で預けます。それを「武士の魂を奪われる」と表現したものですが、むろん二階の遊女を前にして、本人の魂もすっかり奪われてしまっているのは言うまでもありません。

降参《こうさん》のように大小《だいしょう》渡《わた》すなり　一八22
手向《てむ》かいはせぬと階子《はしご》の下《した》で出《だ》し　天二礼1

言われ放題ですね。

③ **武骨で野暮**

武士がもてないのは、「武骨で野暮」なのが最大の理由です。

まず、言葉遣いが武骨です。固い武家言葉は吉原には似合いません。

丸腰《まるごし》はいいが貴公《きこう》でぶっこわし　安元仁1

「町人になって来る」（②刀を預ける）ところまではよかったのですが、「貴公」などと武張った言葉を使うようでは、すべてぶち壊しです。

身共《みども》らがまた来《き》んしたと禿《かむろ》言《い》い　三九35

罷《まか》り越《こ》しさんと浅黄《あさぎ》へ名《な》を付《つ》ける　拾七20

「身共」だの「罷り越す」だのと言っていると、禿にまでからかわれます。

また、格式張った謡曲を自慢げに唄いますが、吉原にはまったく似合いません。

仲《なか》の町《ちょう》　謡《うたい》の下卑《げび》る所《ところ》なり　天五礼2

たしかに謡は高尚なものかも知れませんが、ここ仲の町では不似合いな下卑たものになることが、まったくわかっていません。

羽衣《はごろも》を謡《うた》い切《き》るのに女郎来《じょろうこ》ず　一四5

遊女が来るのを待っている間も、謡曲『羽衣』を謡っているのですが、謡い切ってもまだやって来ません。羽衣を着けた天女のような遊女は、そういう野暮な男のところへはなかなか来ないでしょうな。

浅黄裏長唄《あさぎうらながうた》までも観世流《かんぜりゅう》　七六12

浅黄裏が目いっぱい気取って長唄など歌ってみたのですが、謡曲の「観世流」みたいと笑われたのです。観世流の長唄ねえ。

言葉遣いが「武骨」なのはまだしも、やはり「野暮」なのがもてない決定的な理由です。

身共武士馬鹿《みどもぶしばか》らしいとは慮外者《りょがいもの》　九三21

「馬鹿らしい」は、吉原で使われた一種のはやり言葉ですが、そんなことは知らない野暮ですから、「身共は武士じゃ。武士に向かって馬鹿らしいとは何事であるか。この慮外者めが」などと居丈高になっているのです。

紙花《かみばな》は浅黄愚案《あさぎぐあん》に落《お》ちかねる　拾七18

「紙花」（203頁　第四章二）というのは、客が祝儀として出す「小菊」という懐紙で、後で一枚一分で現金と引き替えたものです。この小切手のようなシステムを運営するのは引手茶屋ですから、茶屋を通さず、直接登楼する浅黄裏が理解できないのも無理からぬところです。「愚案に落ちる」は「理解できる」という意味で、浅黄が難しい顔をして「愚案に落ちかねる」などとつぶやいているのが可笑しいですね。

浅黄裏は、祝儀を渡す時にも野暮ぶりを発揮します。三会目《さんかいめ》の祝儀（床花《とこばな》）を渡す時に、遊女の煙草盆の引き出しに忍ばせておくという粋なやり方を197頁（第四章一）でご紹介しますが、浅黄裏は無粋そのものです。少し列挙しておきます。

略儀《りやくぎ》ながらと床花《とこばな》を浅黄出《あさぎだ》し　一〇二7
床花《とこばな》を恩《おん》にかけかけ浅黄《あさぎ》くれ　筥一43
床花《とこばな》をたしかに浅黄渡《あさぎわた》してる　傍四15
嬉《うれ》しいかどうだと浅黄花《あさぎはな》をくれ　傍四6

「略儀ながらこれは祝儀である。拙者にとっても貴重な金子《きんす》であるが、その方に下げ渡す。確かに渡したぞ。どうだ嬉しいか」。まあ、貰わないよりはうれしいでしょうが。

吉原に不慣れな浅黄裏が野暮なのは仕方がないことです。野暮は野暮なりに行動すればいいのに、自分が野暮なのに気がつかないで、妙に気取ったりする。それが野暮なのです。

いやな男《おとこ》も来《こ》ようなと浅黄《あさぎ》言《い》い　二〇2

浅黄裏が遊女に向かって言います。「こんな商売をしていると、さぞいやな男も来ような。不幸な身の上である。拙者にはよくわかる」。その「いやな男」がお前なんだよ！

④ 振られる

かくして、浅黄裏は振られることになります。

女《おんな》にはご縁《えん》つたなき浅黄裏《あさぎうら》　拾二22

「武運つたなき」ならぬ「女にご縁つたなき」という情けない状態です。

浅黄裏手《あさぎうらて》をこまぬいて待《ま》っている　一二19

待てど暮らせど遊女はやってこない。しかしそこは武士。物々しく腕組みをして待ち続けます。

千代《ちよ》は句《く》が上手《じょうず》と浅黄思《あさぎおも》えらく　一五四6

浅黄裏が考えるに、加賀千代女《かがのちよじょ》は上手に句を作るなあ。「起きて見つ寝て見つ蚊帳の広さかな」。実感！

やっと遊女が来たと思ったら、

武士《ぶし》たるものを背中《せなか》にてあいしらい　拾七25

武士たる者に背中を向けて寝てしまったり、

作兵衛《さくべえ》という傾城《けいせい》を浅黄買《あさぎか》い　蘐追7

「作兵衛」すなわち仮病を使ったりして、なかなか思い通りにさせてくれません。

浅黄裏の中には、仮病とも知らず本気で手当をしようとする御仁もいます。

困《こま》ったじゃ身共熊《みどもくま》の胆持参《いじさん》せぬ　一〇五29

「熊の胆」は熊の胆嚢を干した胃腸薬。遊女に「あれ、にわかの癪《しゃく》が……」などと仮病を使われて、「差し込みには熊の胆が効くが、身共あいにく本日は持参しておらん。困ったじゃ」などとうろうろしているのです。誠実と言えば誠実ですが、吉原では嘲笑の対象でしかありません。それにしても「熊の胆」とは！

結局のところ、吉原へ来た目的は達成せず、

人品骨柄《じんぴんこつがら》あっぱれな夜具《やぐ》の番《ばん》　一〇七1

夜着《よぎ》の損料《そんりよう》を浅黄《あさぎ》は三分出《さんぶだ》し　拾七25

夜具の番人をしたり、夜着の使用料に三分払ったようなものだということになります。「夜具」は寝る時の蒲団の類、「夜着」は寝る時に身体に掛ける大形の着物のようなものです。

⑤　当たり散らす

これほど徹底的に振られると、文句の一つも言いたくなるのも人情とは思いますが、吉原でもてるも振られるも本人次第、あれだけ野暮じゃ振られるのも仕方がない、それを当たり散らすとは野暮もここに極まれりと、冷ややかに見ているのが川柳作家です。

亡八《ぼうはち》に見参《けんざん》せんと武左《ぶざ》怒《いか》り　一二一乙4

「亡八」は妓楼の主人のこと、「武左」は武左衛門の略で野暮な田舎侍の蔑称です。妓楼の主人と一戦交えんばかりの勢いなのです。

妓楼の主人の代わりに手近なところで怒鳴られるのは、「若い者」と言われる妓楼の従業員です。90頁（第二章二）でご説明した通り年寄りでも「若い者」で、通称「喜助」です。

お手前《てまえ》が喜助《きすけ》か時《とき》にあの女郎《じょろう》　七四36
身《み》が武士《ぶし》は廃《すた》ったわやい若《わか》い者《もの》　八二40

「お手前が喜助か。時にあの女郎だがな。武士たる拙者に尻を向けて寝おったわ。まことに我が武士の面目を失ったわやい。けしからん」

こりゃ黙《だま》れ身共《みども》枕《まくら》は買《か》いに来《こ》ぬ　八五8

「こりゃ黙れ。言い訳は許さぬ。身共は枕を買いに来たわけではないわ。女郎はなぜ来ぬ」

(四) 僧侶

僧侶も人間ですから、時には遊里へ行きたくなります。しかし、江戸時代には、僧侶が女性に接することは「女犯《にょぼん》」といって立派な犯罪で、寺持ち（住職）の場合は遠島《えんとう》という厳しい刑罰に処せられます。そこで、考え出された抜け道が医者に化けることです。医者は僧侶と同様に剃髪《ていはつ》していますから、衣を脱いで羽織に着替え脇差しを差せば、一見立派な医者が出来上がります。

① 中宿で化ける

中宿は、吉原へ行く途中で休憩や着替えをする場所ですが、ここで医者に化けます。

中宿《なかやど》へ来《く》ると衣《ころも》に紋《もん》を付《つ》け　一四26

中宿で衣を脱ぎ、紋の付いた羽織を着ます。

羽織《はおり》着《き》て降魔《ごうま》の利剣《りけん》壱本《いっぽ》差《さ》し　一三36

続いて脇差しを差します。「降魔の利剣」は悪魔を降伏させる剣で、お不動様の持っているものです。仏教用語を使ったところが趣向です。

中宿《なかやど》は貸脇差《かしわきざ》しも持《も》っている　二〇12

脇差しは中宿のレンタル品です。「貸脇差し」と言い切ったところが可笑しいですね。

中宿《なかやど》の内儀《ないぎ》おどけて脈《みやく》を見《み》せ　拾七3

立派な医者が出来上がったところで、中宿の内儀がおどけて「お医者様、脈を診《み》ていただけませんか」と大笑い。

愚僧《ぐそう》化《け》しては医者《いしゃ》になるおもしろさ　二一22甲

「愚僧」が化けて医者になるというだけの句ですが、「腐草《ふそう》化《け》して蛍《ほたる》となる」という言葉をもじったところが鑑賞のポイントです。『礼記』にある言葉で、腐った草が変化して蛍になるという古代中国の俗説だそうです。

中宿《なかやど》へ出《しゆつ》家《け》入《はい》ると医者《いしゃ》が出《で》る　一九5

といった案配で中宿から医者になって出てきた僧侶は、おなじみの四つ手駕籠で吉原へ急ぎますが、駕籠《かご》舁きからこんなことを言われます。

俗方《ぞくかた》とじつ見《み》えますと四《よ》つ手《で》言《い》い　一八20

「俗方」とは出家していない人のことです。駕籠舁きが「いやあ、本当に俗方に見えます」などと言っているというのですが、「俗方と見えます」ということは「俗方でない人」だと駕籠舁きに見破られているわけで、僧侶はどんな気分でしょうね。

こういう弱みを握った駕籠舁きは、酒手が少ないと強請《ゆす》りにかかります。

増《ま》さないと駕籠《かご》お寺様《てらさま》お寺様《てらさま》　天五梅2

「お医者様」ではなく「お寺様」と呼びかけられてはたまりませんね。遠島になるより酒手をはずんだ方がよさそうです。

② 吉原での行動

中宿で医者に化けたはずですが、ちょっとした行動で化けの皮が剝がれます。

うっかりと下《さ》げ緒《お》爪繰《つまぐ》る化《ば》けた医者《いしゃ》　一一五7

百八《ひゃくはち》を医者《いしゃ》落《お》っことしぶっこわし　二〇3

脇差しの「下げ緒」を数珠のように爪繰ったり、「百八」（数珠）を落っことしたりすれば、たちまち正体がわかります。そうでなくても接客のプロの遊女にかかれば、

抹香《まっこう》と薬《くすり》を女郎《じょろう》嗅《か》ぎ分《わ》ける　四一28

たちまち嗅ぎ分けられてしまいます。

正体はばれても金さえあれば吉原では厚遇されたでしょうから、

出家《しゆっけ》で儲《もう》けたを医者《いしゃ》で使《つか》い捨《す》て　一九25

と、収入の範囲内で遊んでいるうちはまだいいですが、

袖《そで》を留《と》めたが本寺迄《ほんじまで》ぱっと知《し》れ　一四11

新造の「袖留《そでどめ》」をしてやったことが本寺までぱっと知れてしまっては、これは一大事です。袖留というのは、振袖新造が袖を短くして袖留新造として部屋持ちになることで、そのお祝いを馴染み客がやる習慣になっていました。これには莫大な費用がかかりましたから、そんなことが本寺へ知れたら、末寺の住職の悲惨な運命は容易に想像されるところです。

とにかく、

医者《いしゃ》の真似《まね》するは修行《しゅぎょう》が足《た》らぬなり　安四信2

であります。精々仏道修行に励むのが身のためでしょう。

（五）お店者

お店者《たなもの》とは商家の奉公人のことです。番頭《ばんとう》、手代《てだい》といった身分の者が吉原へ行きますが、深川の遊里へ行くことも多かったようです。ご紹介する句の中には、吉原か深川か判然としない句もありますが、そのあたりは大目に見ていただくようお願いします。

① 店を脱ける

商家の奉公人は、ほとんどが住み込みで休日も滅多にありませんから、吉原へ行こうとすれば、一日の仕事が終わりみんなが寝静まってから、そっと脱《ぬ》け出すことになります。

鼻《はな》へ手《て》を当《あ》てて番頭《ばんとう》脱《ぬ》ける也《なり》　安六智1
寝所《しんじょ》へ細工《さいく》を仕掛《しか》け手代《てだい》脱《ぬ》け　傍四37

一同の寝息をうかがって脱け出す番頭。寝ているように細工を仕掛けて脱け出す手代。虚々実々の作戦です。

二杯目《にはいめ》の四《よ》つ手忍《でしの》びの者《もの》を乗《の》せ　一四26

店を脱け出したら四つ手を拾います。もう遅い時間ですから、一度吉原へ客を運んで帰って来た駕籠が乗せて行ってくれます。

②遅い時間に吉原到着

潜《くぐ》りから潜《くぐ》りへ番頭《ばんとう》は入《はい》り　天二礼3

お店の潜り戸から脱け出した番頭は、もう大戸を下ろした妓楼の潜り戸から入ります。

番頭《ばんとう》の無念《むねん》引《ひ》け四《よ》つものを買《か》い　一二42

「引け四つ」は午後十二時の閉店時刻です。その時分に到着しては、無念ながら売れ残りの遊女を買うことになります。

③付け上せ

こういう遊興が高じて、お店に不始末をするようなことになると、解雇されて上方へ送り返されることになります。これを「付《つ》け上《のぼ》せ」と言います。

付《つ》け上《のぼ》せまだ褌《ふんどし》は緋縮緬《ひぢりめん》　四37

不始末をして上方へ帰される奉公人が、まだ遊びの根性が抜けきらず、粋な緋縮緬の褌をしているというのです。反省が足りませんね。

三囲《みめぐり》で気《き》の逸《そ》れたのを付《つ》け上《のぼ》せ　二四9

この句で付け上せにされたのは、どこのお店の奉公人かおわかりでしょうか。向島の三囲稲荷は三井越後屋の信仰が篤《あつ》いことで有名です。越後屋の奉公人が、三囲稲荷参詣の際にふと気が逸れて吉原へ行き、ついには付け上せされるような不始末を起こしたのです。せっかく著名な大企業に勤務したのに、残念なことでした。

(六) 老人

昨今の長寿社会とは違って、人生わずか五十年の江戸時代では、老人は吉原へ行く元気などないと考えられそうですが、どうしてどうして元気いっぱいで吉原通いをします。

親父《おやじ》まだ西《にし》より北《きた》へ行《ゆ》く気《き》なり　五40

年老いてきた親父、そろそろ「西方」弥陀の浄土にある極楽へ行って、阿弥陀様のお世話になる気かと思いきや、「北方」の吉原の地にある極楽へ行って菩薩様に親しむ気のようだというのです。
ただし、吉原へ行っても、普通の遊女を相手にしないで、「新造」（78頁 第二章一）を買うというのが川柳の約束です。

① 新造を買う

天命《てんめい》を知《し》って新造《しんぞう》買《か》いに行《ゆ》き　三三7

『論語』に「五十にして天命を知る」とあります。江戸時代の平均寿命は正確にはわかりませんが、五十歳は十分老人でしょう。その年になって新造を買いに行くというのです。

新造《しんぞう》を冷《ひ》や水《みず》が来《き》て揚《あ》げるなり　傍一20

「年寄りの冷や水」と揶揄されるのをものともせず新造を揚げます。

孫《まご》よりは可愛《かわい》いそうで買《か》いに行《ゆ》き　藐2

孫のような年齢の新造が「孫より可愛い」のです。

新造《しんぞう》の文死《ふみし》に金《がね》を崩《くず》させる　桜14

ですから、新造からおねだりの手紙でも来ようものなら、死んだ時の用意に貯めた死に金まで入れ上げてしまいます。

袖留《そでどめ》は孫《まご》の片付《かたづ》くほど掛《か》かり　拾六28

「袖留」は前述の通り（165頁「（四）僧侶」の項）です。孫を嫁入りさせるほどの多額の費用を掛けて、馴染みの新造の袖留をしてやるのです。

② 新造の応対

こんなに可愛がってやっても、新造の方はなんとなくぞんざいな扱いぶりです。

新造《しんぞう》は入《い》れ歯外《ばはず》してみなと言《い》う　拾六30

老人客に「入れ歯外してみな」などとふざけてみたり、

新造《しんぞう》は三度《さんど》聞《き》かれて耳《みみ》っ遠《とお》　拾八8

耳の遠い老人客から三度も聞き返されて、耳元で「耳っ遠」と怒鳴ったりします。「耳っ遠」というのは、子供が人の耳元でささやくように口を寄せ、ふいに「みみっとお」と大声で叫んで驚かす悪戯です。

新造《しんぞう》は死《し》にはぐれめとそっと言《い》い　拾六28

なかには「死にはぐれめ」などと、そっと悪口を言う新造もいます。言いますねえ。

③ 老人不如意

吉原まで出かけるのですから元気老人ではあるのですが、やはりコトに及んで往年の元気はありません。

隠居《いんきょ》と新造《しんぞう》提灯《ちょうちん》に振袖《ふりそで》　安四智9

老いた隠居と若い振袖を着た新造の組み合わせは、「提灯に釣り鐘」ならぬ「提灯に振袖」だねというのですが、提灯は老人の萎《な》えた一物のことですから可笑しいですね。

新造《しんぞう》は干《ほ》し大根《だいこん》に縒《よ》りをかけ　末三20

「干し大根」も提灯と同じ意味です。新造奮闘努力の図です。

新造《しんぞう》は中折《なかお》れがしてもてあまし　末二12

努力の甲斐あって開始したものの、残念ながら中途で挫折。持てあまして困惑している新造が可愛いですね。

(七) 大一座

「大一座」とは、団体客のことです。

大一座《おおいちざ》何《な》んぞかしらの崩《くず》れなり　三35

何かの集まりの後(崩れ)に、気の合った連中が団体(大一座)で吉原へ繰り込みます。

① 葬式崩れ

典型的なのは「葬式崩れ」です。お寺が浅草・三《み》ノ輪《わ》方面に多く、吉原に近いという地の利のせいでしょうが、たくさんの句があります。

施主《せしゅ》はまだ泣《な》いているのに大一座《おおいちざ》　藐19

葬式が終わるか終わらないか、まだ施主（喪主）が泣いているのに、吉原へ行く相談をしている連中です。

御弔《おんとむら》いの有《あ》り難《がた》さ大一座《おおいちざ》　二一17

「お弔いがあったお陰で、こうして吉原遊びができる。有り難や、有り難や」というのですが、謡曲『経政《つねまさ》』の「われ経政が幽霊なるが。御弔の有難さに。是まで現れ参りたり」の文句取りが趣向です。

人《ひと》というものは知《し》れぬと大一座《おおいちざ》　拾三15

「今日の弔いでしみじみ感じたのだが、人の命は明日をも知れぬものだ。命あるうちに楽しまなくては」と、都合のいい理屈をつけて吉原へ行くのです。

大一座《おおいちざ》焼《や》き場《ば》の分《ぶん》も二人《ふたり》揚《あ》げ　拾三15

葬儀の後に焼き場へ回った二人のために、遊女を揚げておきます。チームプレーです。

② 遊び慣れない人も混じる

「何ぞかしらの崩れ」ですから、あまり吉原へ来たことのない人も混じっています。

大一座《おおいちざ》からっきりなが二三人《にさんにん》　傍三31

吉原遊びなどまるっきり知らないのが二、三人混じっていたり、

見習《みなら》いが八九人《はっくにん》ある大一座《おおいちざ》　安七礼2

せいぜい見習いといった程度の奴が八、九人もいたりします。

大一座《おおいちざ》ここに弐朱《にしゅ》だの五百《ごひゃく》だの　天五智5

そういうわけですから、それぞれ所持金を拠出させてみると、二朱とか五百文とかおよそ吉原遊びの資金の単位に及ばない金が出て来ます。

大一座人《おおいちざひと》の褌《ふんどし》二三人《にさんにん》　一五9

でも、それはまだましな方で、「人の褌で相撲を取る」すなわち他人の懐を当てにしている輩が二、三人いたりします。

③　遊女総動員

団体客を迎えて妓楼の遊女も総動員です。

すががきも文《ふみ》も立《た》ってく大一座《おおいちざ》　二三13

張見世で清掻《すがが》きを弾いている下級遊女も、手紙を書きながら客を待っている遊女も、みんな立って大一座の座敷へ行きます。清掻きは102頁（第二章三）を参照。

大一座《おおいちざ》ねきものまでも浚《さら》え出《だ》し　拾七23

「ねきもの」は「ねかしもの」と同じで、売れずに手元に置いてある商品のことです。大一座へ遊女の滞貨一掃セールです。

蟄居《ちっきょ》しているまでが出《で》る大一座《おおいちざ》　一六10

ここで「蟄居」は、何かの罰で蒲団部屋にでも閉じ込めてある遊女のことでしょう。人手不足で特別に許されて駆り出されます。

大一座《おおいちざ》お釜《かま》の団子《だんご》まかり出《で》る　筥一5

「お釜の団子」は「お釜の団子で数ばかり」で、頭数に入っているだけで役に立たないことを言うたとえです。売れ残ってばかりいる遊女もまかり出てくるのです。

④遊女の奪い合い

大一座では、客も大勢、遊女も大勢ですから、組み合わせを決めるのが一大難儀です。川柳で見ると、相方の決め方はいろいろあったようですが、いい遊女を相方にしたいのはみんな同じですから、

大一座《おおいちざ》壱番首《いちばんくび》を挑《いど》み合《あ》い　二三19

と、合戦場さながらのバトルになります。もし遠慮などしていようものなら、

遠慮過《えんりょす》ぎると屑《くず》を取《と》る大一座《おおいちざ》　一九20

と、屑の遊女を相方にすることになります。

盃《さかずき》で運《うん》の定《さだ》まる大一座《おおいちざ》　一〇21

酒宴の中で酒の献酬が始まり、客が差した酒を遊女が快く受ければ組み合わせが決定し

ます。美人に当たるかお多福にぶつかるか、これで運が定まるわけです。

大一座《おおいちざ》美《び》へ差《さ》す押《お》しの強《つよ》い奴《やつ》　二〇33

こういうときは、美しい遊女へ酒を差して気を引くという押しの強い行動が必要です。それでも常に功を奏するとは限らず、

盃《さかずき》の揉《も》める向《む》こうにいい女《おんな》　二〇35

と、取り合いになる場合もあります。あまり揉めるのも面倒ですから、

紙縒《こよ》りにて縁結《えんむす》びする大一座《おおいちざ》　安八松1

紙縒りを使ってくじ引きにする場合もあったようです。たしかにくじ引きも一案ですが、葬式崩れの大一座なら名案があります。

焼香《しょうこう》の順《じゅん》にと笑《わら》う大一座《おおいちざ》　拾七24

焼香の時の順番で相方を選ぼうというのです。これなら一同大笑いで納得でしょう。

さて、これで相方が決まったわけですが、集団見合い状態ですから、うっかりすると、

大一座《おおいちざ》どれがおれやら人《ひと》のやら　三八39

どれが自分の相方でどれが仲間の相方なのかわからなくなります。そうならないように、

大一座《おおいちざ》後生《ごしょう》大事《だいじ》に名《な》を覚《おぼ》え　四8

自分の相方の名前を必死になって覚えなければなりません。大変ですね。

⑤ 冷たいあしらい

前述②の通り、ふだんあまり吉原へ来たことがない野暮な連中で、懐の関係でこれからもあまりいい客にはなりそうもないとなれば、もてるはずがありません。

大一座《おおいちざ》嵩《かさ》ばっかりと遣《や》り手言《てい》い　四41

遣り手にしてからが「大勢来てくれるのは有り難いけど、嵩ばっかりで儲けにはなりそうにない」などとほざくのですから、遊女も身を入れてサービスするわけはありません。

大一座《おおいちざ》こんみりとした仕《し》打《う》ち無《な》し　安九礼5

「こんみり」は「濃厚な、しっとりした」という意味です。通り一遍のあしらいだったというのでしょう。それでも一応相手をしてもらったら上等の部類です。

大一座《おおいちざ》鬮《くじ》には勝《か》って壱人寝《ひとりね》る　五〇2

くじ引きで美人の遊女を引き当てたのはよかったのですが、結局遊女はやって来ず一晩中一人で寝ることになったのです。

大一座《おおいちざ》軒《のき》を並《なら》べて振《ふ》られけり　拾八10

結局、あらかたの勢はあえなく討ち死にとなりました。残念。

(八) 素一分

「素一分《すいちぶ》」は、揚げ代一分だけしか持っていない遊客を蔑《さげす》んで呼ぶ言葉です。一分ポッキリでは、小見世の一分女郎を揚げることができるだけで、その他の出費は一切できませんから、いろいろと情けないことが起こります。

素壱分《すいちぶ》の無念《むねん》道々《みちみち》追《お》い越《こ》され　七30

まず交通費に金を掛けられませんから徒歩で行くわけですが、当然のことながら四つ手駕籠にどんどん追い越されます。

素壱分《すいちぶ》はあだやおろかに遊《あそ》ばぬ気《き》　五8

なにしろ貴重な一分を使うわけですから、万が一にも遊女に振られるようなことがあってはいけません。妓楼や相方の選定には慎重の上にも慎重を期します。

たった壱分《いちぶ》で廓中《くるわじゅう》惚《ほ》れ歩《ある》き　一八8

一分握りしめて吉原中を歩き回った後、やっと登楼します。

素壱分《すいちぶ》は落手《らくしゅ》せぬ内気苦労《うちきぐろう》さ　一〇37

登楼した後も、遊女と寝床へ入るまでは、何か余分な出費を強《し》いられはしないか心配でたまりません。

素壱分《すいちぶ》はげしなりませで安堵《あんど》する　四18

「げしなる」は「御寝成る」で「おやすみになる」です。素一分が妓楼の人から「おやすみになってください」と言われて、もうこれで料理が出て料金を取られることはないと安堵している様子です。

しかし、ここで安堵するのは早計です。翌朝の天候次第では、また切羽詰まった状況になります。

積《つ》もったと聞《き》いて素壱分《すいちぶ》消《き》えるよう　三四13

翌朝起きてみると雪が積もっている。それを聞いて素一分が消え入らんばかりにしょげているのです。金持ちの息子ならチャンスとばかり居続けをするでしょうが、素一分には居続けはおろか駕籠を雇う金もないのです。

朝《あさ》の雪《ゆき》素壱分《すいちぶ》共《ども》の足《あし》の跡《あと》　天三礼2

やむを得ずとぼとぼと歩いて帰るしかありません。「夏草や兵《つわもの》共《ども》がゆめの跡」（芭蕉）のもじりです。

このように、素一分は遊客としてはまことに情けない存在ですが、それでも次項でご説明する素見《すけん》（見物するだけの客）に比べれば、

素壱分《すいちぶ》は素見《すけん》に少《すこ》し品《ひん》がよし　二三26

登楼する金があるだけましでしょう。

素見《すけん》の中《なか》を素壱分《すいちぶ》の気《き》の高《たか》さ　二一19

素見がうろうろしている中を、一分といえども懐にある素一分が気位高く歩いていると
いうのは、何とも可笑しいですね。

（九）素見

妓楼を冷やかして見るだけで登楼しない人を「素見物《すけんぶつ》」略して「素見《すけん》」と言います。見
るだけの人を吉原の客と言っていいかどうかわかりませんが、

素見《すけん》が七分《しちぶ》買《か》う奴《やつ》が三分《さんぶ》なり　天二鶴2

という句があるくらいで、張見世を覗いている人の七〇パーセントが素見ということでし
たら、吉原のにぎわいの一助になっていたことは確かでしょう。

駕舁《かごか》きに付《つ》かれて素見舌《すけんした》を出《だ》し　七11

吉原へ行く客と見込んだ駕籠舁きに付きまとわれて、舌を出すしかない素見。駕籠に乗るだけの金があれば素見などしませんよね。これは駕籠舁きの見込み違いです。もっとも、

素見物本田《すけんぶつほんだ》に結《ゆ》うは何事《なにごと》ぞ　六12

当世流行の本田髷に結って、川柳作家に「何事ぞ」と罵倒されるような素見もいたようですから、見込み違いも無理からぬところかも知れません。ただし、

駕舁《かごか》きに迄見物《までけんぶつ》と見抜《みぬ》かれる　筥二36

という句もありますから、目利きの駕籠舁きもいたようですが。

徒歩で土手までたどり着いたら、屋台店で食べ物を買って腹ごしらえです。

もろこし弐本《にほん》で五丁《ごちょう》を廻《まわ》るなり　二三28

西瓜二切《すいかふたき》れで吉原見《よしわらみ》て帰《かえ》り　天二仁4

素見物百《すけんぶつひやく》なにがしのおごりなり　七33

トウモロコシ二本、西瓜二切れなどで百文余りの贅沢をして、吉原見物です。

江戸《えど》から京《きょう》まで残《のこ》らず素見《すけん》なり　一四27

大門のすぐ近くにある江戸町から一番奥の京町まで、吉原中を見て回りますが、見物の仕方もいろいろで、

もう一廻《ひとまわ》りやらかせと素見物《すけんぶつ》　筥二10

一回りした後、もう一度回ろうというスピード重視組もいれば、

素見物《すけんぶつ》そのくせ念《ねん》に念《ねん》を入《い》れ　三22

買うわけでもないのに、一軒一軒丹念に見て回るので、

そう見《み》ちゃあ今夜《こんや》も京町《きょうまち》が残《のこ》る　天五高2

「そんなに丁寧に見ていると、また今夜も京町が見られないぞ」と仲間から文句を言われる輩もいます。

素見物小見世《すけんぶつこみせ》などへは目《め》はかけず　一四10
そかあよせ弐朱《にしゆ》だと素見気《すけんき》の高《たか》さ　一五5

どうせ見物だけなら美人の女郎のいる「大見世」がいいわけで、下級の「小見世」などへは目をかけない道理です。連れが下級の二朱見世を覗こうとするのを見て、「そこはよせ、二朱見世だ。ろくな女郎はいないぜ」などと言っているのですが、「おやおや、素見物のくせに気位のお高いことで」とからかっている作者の目が可笑しいですね。

江戸《えど》町《ちよう》へ戻《もど》れば初手《しよて》のじゃもが居《い》る　藐4

一回りして江戸町まで戻ってくると、最初に見たアバタ面（じゃも）の遊女がまだ売れ残っている。こういう遊女に素見が意地悪を言ったりします。

いやあまだござなされると素見言《すけんい》い　拾七23
御夜詰《およづ》めが長《なが》いと素見毒《すけんどく》を言《い》い　二四25

「いやあ、これはこれは、まだおいでなされましたか」。「夜勤が長くて大変でございますなあ。いやはや、ご苦労様」。

金《かね》の無《な》い方《かた》お帰《かえ》りと四《よ》つを打《う》ち　安八天2

そうこうしているうちに、妓楼閉店の四つを知らせる拍子木が鳴ります。「金があって登楼している方」は、これからが遊女とのお楽しみの時間ですが、「金のない方」は大門が閉まりますので早くお帰りと。

おかしさは素見《すけん》の女房悋気《にょうぼうりんき》なり　一四14

歩き回って疲れて家に帰れば、女房に焼き餅を焼かれる始末。ただ見てきただけなのに焼き餅とはまったく可笑しいよねえ、と川柳作者の感想です。同感！

第四章　騙し騙され、男と女

一、しきたりの多い極楽へ――妓楼へ上がる

さてここまで、吉原はどんなところか、どんな人が行くか、についてご紹介してきましたが、ここからは、いよいよ妓楼へ上がって遊女たちと付き合う様子をご紹介しましょう。

(一) 張見世で見立て

吉原で遊ぶには、直接妓楼へ行ったりしないで、「引手茶屋《ひきてぢゃや》」を通すのが上客とされたようです。「引手茶屋」は、遊客を妓楼に案内したり、酒宴をしたりするのが役目で、客の妓楼への支払いを引き受けることもしたようですから、妓楼にとっても遊客にとっても便利な存在だったでしょう。ただ、必ず引手茶屋を通すというのは、大見世に限られていたようですので、ここでは妓楼へ直接上がるところから始めることにしましょう。

妓楼の前まで行ったら、張見世に並んでいる遊女の中から相方を選びます。

毛氈《もうせん》へ孔雀《くじやく》羽《は》ばたきして居《すわ》り　拾六26

張見世の中央には、その妓楼の最上位の遊女（お職）が、打ち掛けを孔雀のように左右に広げて座っています。

壁際《かべぎわ》はみな緋縅《ひおどし》の鎧《よろい》着《き》て　拾六13

壁際には、新造が赤い振袖を着て座っています。「緋縅の鎧着て」は、『平家物語』（巻四　宮御最期）「伊勢武者はみなひおどしのよろひ着て宇治のあじろにかゝりぬるかな」の文句取りです。

迷《まよ》うまいものかひっしと並《なら》んでる　一七11
目《め》うつりがするはずずらりっと並《なら》び　二〇20

艶やかな遊女がびっしりと並んでいるのですから、目移りがしてどれを選んだらいいか迷ってしまいます。困っていると、妓楼の従業員である「若い者」が近寄ってきて、

どれなりとおっしゃってはと若《わか》い者《もの》　一三22

「どの妓《こ》なりと、あれがいいとおっしゃってみてください」などと焚きつけます。

まあ上《あが》んなんしと格子《こうし》曰《のたま》わく　四〇21

格子の中からも、遊女が「見てばかりいないで、まあ上んなんし」と誘ってきます。「孔子曰わく」のシャレです。

こちらから三番目《さんばんめ》だと顎《あご》で言《い》い　拾八9

結局、「こっちの端から三番目のがいい」などと、ちょっと気取って顎で指し示したりして、相方を選びます。

(二)　初会

遊客が、ある遊女を初めて揚げることを「初会《しょかい》」と言います。初会には何かとしきたりがあります。

ずっと上《あ》がると明《あ》き部屋《べや》へ先《ま》ず入《い》れる　籠三5

若い者に案内されて妓楼の二階へ上がると、まず「引き付け座敷」へ通され、遊女とご対面ということになります。

客人《きゃくじん》は乙《おつ》の座《ざ》へつく面白《おもしろ》さ　筥一21

吉原では、金を払ってサービスを受ける客よりも、サービスをする従業員の方が威張っているという不思議な現象が起こることがあります。この初会の座敷もその一つで、遊女が「甲《こう》の座」すなわち最高の場所である床柱の前に座り、客は甲より下の「乙の座」すなわち下座に座ることになっています。

下座で待っていても、遊女はすぐには現れません。

禿《かむろ》が先《さき》へ煙草盆初会《たばこぼんしょかい》なり　二四24

まず禿が煙草盆を捧げてやって来ます。そして、しばらく待たせた後、鷹揚に現れた遊女は、床柱に寄りかかって斜《はす》に構え、つんとすまして座ります。

初会《しょかい》と見《み》えて寄《よ》りかかる嵯峨丸太《さがまるた》　一〇21

初会《しょかい》には菩薩《ぼさつ》もつんとはすに座《ざ》し　一二八12

「嵯峨丸太」は、丹波産の丸太で床柱に使われます。「はすに」は、「斜に」と菩薩の縁語で「蓮に」を掛ける技巧です。

初会《しょかい》には笑《わら》って損《そん》をしたが出《で》る　藐13

とにかく愛想も何もない。かつて笑って損をしたことがあるから二度と笑わないぞというような遊女が出てくるのです。諺「笑って三百損をした」を踏まえる表現でしょうか。

佳肴《かこう》有《あ》りといえども初会《しょかい》は食《く》わず　二〇23

また、初会の客の前では、遊女は飲んだり食べたりしないのがしきたりです。「佳肴」はうまい料理のことですが、『仮名手本忠臣蔵』（大序）の冒頭の文句「嘉肴《かこう》有《あ》りといへども食せざれば其味をしらずとは」の文句取りです。

男女席《だんじょせき》を同《おな》じゅうせざるは初会《しょかい》　五一35

初会では遊女は客と同衾《どうきん》しないしきたりであったといわれています。この句もそういうしきたりを詠んだもので、「男女七歳にして席を同じゅうせず」（『礼記』）のもじりです。しかし、これからご紹介するように、初会でも同衾する句はたくさんありますから、そういうしきたりは、一部の高妓だけに限ったものか、あるいは建前はそうでも有名無実化していたのではないかと、私は推測しています。

しかし、遊女がなかなか閨《ねや》へやって来ない、やっと来たと思ったらやたらと無愛想、という冷たいあしらいを詠んだ句もたくさんあります。少し列挙しておきます。

御大法通《ごたいほうどお》り待《ま》たせる初会《しよかい》なり　一三19

初会《しよかい》には道草《みちくさ》を食《く》う上草履《うわぞうり》　一4

草《くさ》も木《き》も寝《ね》るにまだ来《こ》ぬ初会《しよかい》の夜《よ》　拾八15

お約束通り、初会は待たせるなあ。どこかで道草を食っているのか。草木も眠る丑三《うしみ》つ時になってもまだ来ないぞ！

初会《しよかい》には器《うつわ》を貸《か》すと思《おも》うなり　末二1

やっと来た遊女、「器を貸すだけ」という無味乾燥な態度に終始します。これでは何と

もつまらないのですが、

何《なん》の事《こと》はねえ初会《しょかい》は御儀式《おんぎしき》　二六26

まあ何のことはねえ、初会ってものは御儀式ってとこだねえと考えて、これから「裏」「三会目」と通って、親身なサービスをしてもらえるよう努力しましょう。

(三)　裏

同じ遊女を二度目に揚げることを「裏」「裏を返す」と言います。初会に比べれば、遊女も少し親密な態度になります。

裏《うら》の夜《よ》は四五寸近《しごすんちか》く来《き》て座《すわ》り　二31

初会の引き付け座敷では、遥か向こうの床柱の前に座っていた遊女が、客の近くにやって来ます。もっとも四、五寸程度ですが。

枇杷《びわ》壱《ひと》つ食《く》ったが裏《うら》の印《しるし》なり　一〇24

もう裏《うら》は西瓜《すいか》ぐらいをちっと食《く》い　明三満1

初会の席では飲食をしなかった遊女が、裏になると少し食べ物に手を出したりします。それでもまだまだ枇杷一つ西瓜ちょこっと程度なのです。

もう裏《うら》は楊枝《ようじ》を使《つか》い〳〵来《く》る　三38

つんとすましていた態度も少しくだけて、爪楊枝を使いながらやって来たりします。

二会目《にかいめ》は惚《ほ》れそうにしてよしにする　籠三4

少し打ち解けたとは言え、後でご紹介する「三会目」のように「馴染み」になったわけではありません。「主《ぬし》に惚れんしたえ」は次回までのお預けです。

遣《や》り手《て》まで笑《わら》いの行《ゆ》かぬ裏《うら》の客《きやく》　三36

吉原ではご祝儀がつきものですが、裏の段階では、若い者には祝儀をやるが、遣り手にはやらなかったようです。遣り手のお愛想笑いは三会目までお預けです。

（四）三会目

さて、一度目の「初会」、二度目の「裏」を経て、三度目に遊女を揚げると「三会目」

と言って「馴染み」の関係になります。遊女は打ち解けた態度になり、建前からいえばここで初めて肌を許すことになっています。ここから本当に楽しい吉原遊びが始まります。

① 打ち解けた態度

三会目《さんかいめ》すっとお傍《そば》へ来《き》て座《すわ》り　三四23

「裏」までは座敷の遥か向こうに座っていた遊女が、すっと傍へやって来て座り、

三会目《さんかいめ》呑《の》みも呑《の》んだり食《く》いも食《く》い　二四8

出された酒肴を遠慮なく飲み食いします。そういう打ち解けた態度は、嬉しいことは嬉しいのですが、

三会目《さんかいめ》から人柄《ひとがら》がぐっと落《お》ち　二〇32

よくすればするほど下卑《げび》る三会目《さんかいめ》　傍一30

これまでの格式張った態度に比べると、ぐっと人柄が落ちると感じることにもなりますし、あんまりよくしてもらうと、ちょっと下卑た感じだなあと思ったりするというのです。吉

原の遊女の魅力は意地と張りだから、あまりぐにゃぐにゃにサービスされてもなあ、というのでしょう。わからないでもないですが、まあ、贅沢な言い分です。

② 専用箸

三会目《さんかいめ》箸《はし》一膳《いちぜん》の主《ぬし》になり　天二智3

馴染み客となると、専用の箸が用意されます。これはやはりステイタスですね。

主《ぬし》の手《て》で御箸紙《おんはしがみ》と書《か》きなんし　二四6

「箸紙」は紙を折って作った箸入れです。客の定紋や名前が書いてあったそうで、遊女から甘えた口調で「主さんがご自分で御箸紙と書きなんし」などと言われたら、舞い上がること必定です。

箸紙《はしがみ》が出来《でき》りゃ息子《むすこ》の城《しろ》が落《お》ち　拾六12

もちろんこれで「息子」は骨抜きにされてデレデレ、落城と相なります。

箸紙《はしがみ》はこれも小判《こばん》の端《はし》で出来《でき》　二四5

たかが箸紙というなかれ。馴染みとなるには小判の費消も半端ではありません。これも小判の端くらいの費用は掛かっているのです。「箸」と「端」が技巧です。

③　床花

三会目《さんかいめ》国府《こくぶ》の下《した》へ弐両《にりよう》置《お》き　五5

三会目には、遊女に祝儀を渡す習慣になっていました。これを「床花《とこばな》」と言います。露骨に渡すのは野暮ですから、この句のように、遊女が使う煙草盆の煙草の下にそっと置いたりするのが通のやり方とされたようです。「国府」は薩摩国国府産の高級煙草です。

煙草《たばこ》つぐ手《て》へひいやりと三会目《さんかいめ》　二五30

そのあたりのことは遊女も心得ていますから、煙草盆へ手を入れてみますと、ひいやりと小判の手触りがします。

褌《ふんどし》のはずし賃《ちん》が金三両《きんさんりょう》　傍一25

遊女は、初会、裏ではまだ肌を許さないという建前から行けば、床花の金三両は遊女の褌（湯文字）のはずし賃だというわけです。床花は二、三両が相場だったようです。

三度目《さんどめ》の客《きゃく》が帰《かえ》ると質《しち》を請《う》け　一九ス5

遊女にとっては貴重な臨時収入ですから、客が帰ると質を請け出す資金にします。鷹揚に構えている遊女も、資金繰りは大変なのです。

④　遣り手にも祝儀

美女《びじょ》に両《りょう》悪女《あくじょ》壱分《いちぶ》と三会目《さんかいめ》　安七信2

三会目には遣り手にも祝儀を出します。「美女」に二両はいいとしても「悪女」に祝儀を出すのは気が進みませんが、吉原の掟ですから従っておいた方が無難です。なにしろ、

三会目《さんかいめ》まず目明《めあ》かしへ壱分《いちぶ》やり　傍一23

という句があるように、遣り手は、時代劇でおなじみの目明かしよろしく、遊女はもちろん遊客の挙動にも始終目を光らせている、嫌な存在なのですから。

以下、遣り手を罵倒した句を列挙しておきます。

三会目《さんかいめ》布袋《ほてい》の姉《あね》が罷《まか》り出《で》る　拾七32

三会目《さんかいめ》娑婆塞《しゃばふさ》げなる者《もの》が出《で》る　安八礼5

三会目《さんかいめ》閻魔《えんま》の内儀《ないぎ》罷《まか》り出《で》る　筥一10

一《ひと》つ家《や》の主《あるじ》まで出《で》る三会目《さんかいめ》　拾七26

「布袋の姉」は太っていること。「娑婆塞げ」は役に立たない者がいつまでも生きていること。「閻魔の内儀」は恐ろしい者の表現です。「一つ家の主」は、江戸・花川戸で、旅人を泊めては殺す恐ろしい婆のことです。

こういう鬼のような婆も、祝儀がもらえるとなると一変して、

三会目《さんかいめ》仏《ほとけ》のような婆《ばばあ》出《で》る　傍二30

まるで仏様のような笑顔で罷り出ます。文字通り「現金」なものですね。

⑤ 閨のサービス

さて、「馴染み」の関係になると、遊女は閨《ねや》でこってりとサービスをします。初会の時の「器を貸す」がごときの態度とは様変わりです。

来《く》る時《とき》に小道《こみち》へ寄《よ》らぬ三会目《さんかいめ》 二一25

初会の時は「道草を食う」遊女も、三会目には真っ直ぐに閨へやって来ます。「小道へ寄らぬ」は『論語』の「行《ゆ》くに径《こみち》に由《よ》らず」（雍也）のもじりです。

帯《おび》ひぼを解《と》いて付《つ》き合《あ》う三会目《さんかいめ》 一八40

帯と紐を解いて、さてこれからこってりと、という句ですが、「帯紐解く」は「女が男に肌を許す」という意味の成句であることにご注意。平凡に見える句も油断はなりません。

三会目《さんかいめ》わっちゃ太《ふと》っていんすによ 二一15

襦袢でも脱ぎながらの遊女の言葉でしょうか。「ねえ、あたし太っているからね」などと言いながら蒲団に入ってきます。

三会目《さんかいめ》もっとこっちへ寄《よ》りななり　一四5

帯を解いた遊女が「もっとこっちへ寄りなんし」と迫ってきます。そして裸の身体をどこでも触らせます。馴染みなんですから！

三会目《さんかいめ》灸《きゅう》の跡《あと》なぞいじらせる　一九26
三会目《さんかいめ》癪《しゃく》の居所《いどこ》をいじらせる　二〇8

背中の灸の跡のあたりはもちろん、癪の居所つまり胸から腹にかけても触り放題です。

どこもかしこもやわ〳〵と三会目《さんかいめ》　筥二39

遊女の肌はどこに触ってもやわやわ。すっかり打ち解けて態度もやわやわ。どこもかしこもみんなやわやわ。三会目っていいなあ。

寝《ね》なんすとつめりいすと三会目《さんかいめ》　筥一9

「今夜は寝かさないわよ。もし寝たらつめるからね」。「つめる」（つねる）は愛情表現ですから、つねられたら「おお痛てえ」などと言いながら喜ぶのがあるべき姿です。

床花《とこばな》の礼《れい》に夜《よ》一夜《ひとよ》つめられる　拾六24

一晩中（夜一夜）つねられるのは結構ではありますが、しかしそれはひとえに三会目の床花のご利益であります。なにしろ二両とか三両とかの大金ですから。さらに言えば、床花だけ払えばいいのではなく、

三会目《さんかいめ》よんどころないことばかり　安六義2

遣り手への祝儀をはじめとして、よんどころない出費がかさみます。

三会目《さんかいめ》もてでうれしくない夜《よ》なり　一〇19

あれこれ考えると、これだけ金を払えばもてて当然だし、そもそも三会目にサービスをするのは吉原のお約束で、別に遊女が本当に惚れたわけではない。そう嬉しいわけでもないなあと。しかし、そんなことを考える輩は、てんから吉原遊びをする資格はありません。吉原とはそういうものだと割り切って大いに楽しみましょう。三会目をクリアしてこれからが本格的な女郎買いなのですから。

三会目《さんかいめ》ようやく女郎買《じょろうか》ったよう　一九25

二、極楽の沙汰はカネ次第

さて、馴染みとなれば、お金の使い方も本格化してきます。ここで少し基礎知識をおさらいしておきましょう。

(一) 紙花

引手茶屋を通して遊ぶような上客は、財布を茶屋に預けて、妓楼の勘定は茶屋に任せることにしたそうです。妓楼で祝儀を出す時には、現金の代わりに「小菊」という懐紙を使いました。これを「紙花」と言い、小切手みたいなもので一枚一分として茶屋が換金するシステムだったようです。

とんだ所紙壱枚《とこかみいちまい》が壱分《いちぶ》なり　四六20

「小切手みたいな」とはいえ、小菊には特に記名捺印《なついん》などなかったようですから、間違いが起こらないかと心配になりますが、そこは信頼関係。茶屋も妓楼もそこで働く従業員も、何か不正でもあればたちまち信用失墜し、狭い世界では生きていけなくなります。白紙の紙切れこそが、野暮でない「粋」の象徴でありましょう。

山吹《やまぶき》は現金《げんきん》小菊《こぎく》掛《か》けになり　二七9

「山吹」は植物の名前ですが、「山吹色」の連想から「大判・小判」の意味に使われます。この句は、「山吹」と「小菊」という植物名を並べ、「現金」と「掛け」という商売用語を並べた趣向です。

これは〳〵とばかり花《はな》は小菊《こぎく》なり　三三19

「これは〳〵とばかり花の吉野山」（安原貞室）という句がありますが、吉野山の花は桜で、吉原の花（祝儀）は小菊です。小菊をいただいて一同「これはこれは」と大喜びです。

かたい紙《かみ》おくんなんしに問《あ》いをさせ　二九1

遊客の酒の相手をしている遊女が「硬い紙」すなわち「小菊」をくださいとねだってい

る光景です。懐紙ですからそんなに硬いわけではないのですが、吉原の遊女が事後に使う「御簾紙《みすがみ》」という薄くて柔らかい懐紙との比較を連想させるところが、この句の趣向です。

鼻紙《はながみ》でやればそれ程《ほど》惜《お》しくない　一〇28

祝儀も現金でやると惜しい気がするが、鼻紙（小菊）でやるとそれほど惜しくないというのです。クレジットカードと同じく、人間の心理はそうしたものなのでしょう。

しかし、言うまでもなく、後日茶屋から請求されて現金が出ていきます。「それほど惜しくない」などと言っていると、次句のように零落することになりかねません。

紙花《かみばな》を散《ち》らして今《いま》は屑拾《くずひろ》い　拾六13

(三) 総花

「総花《そうばな》」（惣花）というのは、妓楼の全員に祝儀をやることです。場合により対象範囲に多少の差異はあったようですが、川柳では、

惣花《そうばな》に生《い》きとし生《い》けるものが出《で》る　傍一1

妓楼中の者が遊客のところへ参上します。「生きとし生けるもの」は、『古今和歌集』（序）の「生きとし生けるもの、いづれか歌をよまざりける」の文句取りです。

いろいろな人がやってきます。第一はなんと言っても欲の皮の突っ張った遣り手です。

惣花《そうばな》に重《おも》き枕《まくら》を遣《や》り手《て》あげ　一〇30

ご祝儀が出るとなれば、病気で伏せっている場合ではありません。

惣花《そうばな》にまな板《いた》の上猫歩《うえねこある》き　安七松1

料理人も座敷へ出てくるので台所は空っぽ、猫がまな板の上を歩く始末です。

天《てん》の与《あた》うる物《もの》をお針《はり》まで取《と》り　傍二8

「お針」は、既述の通り吉原で働く裁縫女です。「天の与うる物」は『史記』にある「天の与うるを取らざれば反《かえ》ってその咎《とが》めを受く」の援用でしょう。神様であるお客様が与えてくださる物ですから、お針といえどもいただかないわけにはいきません。

惣花《そうばな》に珍《めずら》しい顔二《かおふた》つ三《み》つ　四35

ふだんはあまり見かけない使用人なども二、三人やってきます。かくして、

惣花《そうばな》に二階狭《にかいせま》しとたむろする　三七35

全従業員が総花の客の座敷へ行ってしまいますから、

惣花《そうばな》の隣《となり》やったら手《て》を叩《たた》き　傍一6

隣座敷の客は放って置かれ、やたらと手を叩いて催促することになります。お気の毒。

(三)　総仕舞

「総仕舞《そうじまい》」（惣仕舞）とは、その妓楼の遊女を全部仕舞う（買い切る）ことです。当然のことながら莫大な費用が掛かりますから、

壱人《ひとり》さえ買《か》いかねるのに惣仕舞《そうじまい》　一一24

「遊女一人を買うのだって大変なのに、全員とはねえ」と感嘆するしかありません。

とにかく全員お買い上げですから、

病人《びょうにん》も顔《かお》を出《だ》させる惣仕舞《そうじまい》　四40

惣仕舞士《そうじまいつち》の牢《ろう》から二人出《ふたりだ》し　傍五37

病気で伏せっている遊女も、折檻で閉じ込めてある遊女も顔を出させるのです。ということは、座敷に侍《はべ》らないと揚げ代の勘定に入らなかったのでしょう。その結果、

傾城《けいせい》に埋《う》められている惣仕舞《そうじまい》　一一4

遊客の座敷は遊女で埋め尽くされます。

俺《おれ》ばかり売《う》れぬと遣《や》り手機嫌《てきげん》なり　二二5

遊女が売れ残ると不機嫌になってぶつぶつ言う遣り手も、全員売れたとあって「俺だけ売れないよ」などと冗談を言いながら、大層なご機嫌です。

素見目《すけんめ》を休《やす》めて通《とお》る惣仕舞《そうじまい》　籠三6

遊女が全員売れたのですから、張見世の灯りは消し、入り口は閉ざします。素見も見物の目を休めて通り過ぎることになります。

しかし、よほどのお大尽でない限り、こういう莫大な散財をしていては、いずれ破綻《はたん》するのは目に見えています。

惣仕舞血気《そうじまいけっき》の勇《ゆう》と茶屋《ちゃや》は止《と》め　九3

茶屋が心配して、「そんな向こう見ずな勇気を出してはいけません」と止めるのも聞かずに暴走すると、やがて、

惣仕舞《そうじまい》さて親類《しんるい》は義絶《ぎぜつ》なり　安八礼2
惣仕舞一年《そうじまいいちねん》たたず居宅《きょたく》まで　三五16

親戚から縁切りされたあげく、一年も経たないうちに破産して、自宅まで手放すことになってしまいます。ほどほどにしましょう。

三、もてりゃ天国、振られりゃ地獄

(一) もてる客

① もてる条件　その1

どうせ吉原で遊ぶなら、もてたいと思うのは当然です。では、どうすればもてるのか。先人はいろいろなことを言っています。

もてんとすべからずふられじとすべし　二二16

「〜すべからず、〜すべし」と、もっともらしい口調で色事の極意を言っている（?）のでしょうが、禅問答みたいでよくわかりません。もてようとして生半可なパフォーマンスをしてはいけない、遊女に嫌われない行動を心がける、というようなことでしょうか。

野暮《やぼ》にしていることだよと通《つう》な奴《やつ》　拾七24

吉原では「野暮」は最も嫌われることですから、この句の「野暮」は本物の野暮ではなく、前の句と同じように、妙に通人ぶったりしない態度でいるべし、ということでしょう。

なにしろ相手は百戦錬磨の強者《つわもの》ですから、付け焼き刃の半可通はすぐに見破られます。ですから、まるっきり何も知らないうぶな息子が意外にもてたりします。

いただいて飲《の》んだ息子《むすこ》がいっちもて　二六36

大一座でしょうか。差された盃を頭上にいただいて飲むような息子が一番もてたというのです。盃をいただいて飲むのは野暮な行動ですから、

いただいて飲《の》むと傾城脇《けいせいわき》へ向《む》き　拾六29

という句もあるくらいで、遊女に馬鹿にされるのがオチなのですが、この息子の場合は、「野暮」の概念とは少し違って、気取らず律儀で好ましく見えたのでしょう。

②もてる条件　その2

もてるように行動するのはなかなか難しいですが、とりあえず誰にでもトライできることが一つだけあります。それはご祝儀を奮発することです。

白紙《しらかみ》がものを言《い》うのでもてるなり　安六梅1

この「白紙」は前述（203頁二「紙花」）の小菊のことです。ただの紙切れですが、吉原では大いにものを言ってもてるのです。

惚《ほ》れ薬《ぐすり》佐渡《さど》から出《で》るがいっち効《き》き　二五18

「イモリの黒焼き」など惚れ薬にもいろいろありますが、いちばん（いっち）効くのが佐渡から出てくるもの、すなわち佐渡金山産出の小判です。

しゃちこばる傾城《けいせい》佐渡《さど》の土砂《どしゃ》をかけ　一〇六34

死体に密教で特別の修法《しゅほう》をした砂をかけると、硬直した死体が柔らかになるとされているところから、「土砂をかけたよう」という成句があり、急に態度が柔らかになり、弱々しくなる様子を言います。この句はそれを踏まえて、つんとすましていかめしく構えている傾城に、佐渡産の土砂すなわち黄金をかけると、ぐにゃぐにゃになってしまうというわけです。

③もてる様子

では、どんな風にもてるのでしょうか。

もてたやつ夜中《よじゅう》おいていていていを言《い》い　一一30

「三会目」の項でもご説明しましたが、「つめる」（つねる）のは愛情の表現です。一晩中あちこちつねられて、「おお痛え痛え」を連発するのです。

焼《や》け煙管《ぎせる》みだりに女郎《じょろう》おっつける　一四25

また、煙草の火で雁首が熱くなった煙管を押しつけるのも、遊女の媚態《びたい》の一つのようです。何とも不思議なテクニックですので、「それ、本当にもてているの」とお疑いの向きもあろうかと思いますが、

あざや火傷《やけど》へ湯《ゆ》のしみるもてた朝《あさ》　一〇三9

という句があり、つねられたアザや焼け煙管の火傷は「もてた証拠」だと、はっきり言っていますので、そういうことなのでしょう。

もちろん、アザや火傷ではない楽しい世界を満喫するのは当然です。

小便《しょうべん》に行《い》くと太腿《ふともも》ゆるめさせ　桜20

一般の男女の句ともとれますが、やはり落語『明烏《あけがらす》』の場面が連想されます。遊女が客の足に太腿を絡めて離さないのを、「小便に行くから、ちょっとゆるめてくれ」と言っているのです。

遠州灘《えんしゅうなだ》を乗《の》るようなもてた晩《ばん》　一三二11

これは説明不要でしょう。蒲団が大きく揺れるのです。

かくして、

もてた奴四《やつよ》つ手《で》の外《そと》へ度々《どど》あまり　傍一19

もてて一晩中寝かせてもらえなかった翌朝、四つ手駕籠で帰る時には、居眠りをして度々四つ手の外へ落っこちそうになります。

(二) 振られる客

吉原では、遊客が「振られる」ということが起こるとされています。すなわち、正当な対価を払っても、それに見合うサービスの提供を拒否されるのです。本当にそんなことが一般的な習慣としてあったのかどうかいつも疑問に思っていますが、江戸川柳には「振られる」ことを詠んだ句がたくさんあります。
ではどのように振られるのでしょうか。

①**遊女が来ない**

とにかく遊女が部屋へ来ないのです。客はひたすら待つしかありません。

しゃば中《じゅう》が寝静《ねしず》まったにうせぬなり　傍一43

「うせる」は、「来る」の卑語です。みんな寝静まった時間なのに、まだ遊女がやって来ねえと待ちかねているのです。

待《ま》ちわびる耳《みみ》へ蛙《かわず》の声《こえ》ばかり　傍一15

遊女の上草履の音が聞こえてくるのを期待しているのに、聞こえてくるのは蛙の声ばかり。吉原は周囲を田圃に囲まれています。

鐘《かね》は上野《うえの》か浅草《あさくさ》かけちな晩《ばん》　筥四14

蛙の声の外には、時の鐘が聞こえます。上野・寛永寺と浅草・浅草寺の鐘はどちらも聞こえたでしょうが、芭蕉の「花の雲鐘は上野か浅草か」の文句取りが趣向です。「けちな」は、「いまいましい、不愉快」という感じを表す言葉です。

上草履《うわぞうり》ばた〳〵と外《ほか》へ行《ゆ》き　拾六18
上草履《うわぞうり》あとから来《く》るも脇《わき》へきれ　拾八6
上草履《うわぞうり》隣《となり》まで来《き》て滞《とどこお》り　安四桜4

そうこうしているうちに、やっと待望の上草履の音が聞こえてきます。ヤレ嬉しやと思ったのも束の間、ばたばたと外の方へ行ってしまいます。そのあとから来たのも脇へ切れて行ったり、隣の座敷で止まったりします。やんぬるかな！

けちな晩《ばん》尺取虫《しやくとりむし》のように待《ま》ち　筥二21
もてぬやつ馬《うま》の寝返《ねがえ》りするごとく　拾八4

しかたがないから、尺取虫のように身体を動かしたり、馬のようにどたりどたりと寝返りを打ったりするしかありません。

鶏《とり》も鳴《な》け鐘《かね》も鳴《な》れ〳〵振《ふ》られた夜《よ》　三〇9

もうやけくそです。「一番鶏も鳴け。暁の鐘も鳴れ。早いとこ夜が明けちまえ。ちくしょうめ」。謡曲『通小町《かよいこまち》』に「鳥もよし鳴け。鐘も唯鳴れ。夜も明けよ唯一人寝ならば。辛からじ」とある文句のもじりです。

② 枕元で手紙を書く

ようやく遊女がやって来ました。でも喜ぶのはまだ早い。枕元で延々と手紙を書いたりします。これも振る手段の一つです。

そこはかとなく書《か》き綴《つづ》るけちな晩《ばん》　安九鶴1

「そこはかとなく」は、「何ということもなく。とりとめもなく」というような意味ですが、『徒然草』(序段)の「そこはかとなく書きつくれば」の文句取りが趣向です。振るのが目的の手紙ですから「そこはかとなく」がぴったりですね。

寝《ね》たふりを心《こころ》で笑《わら》い文《ふみ》を書《か》き　傍五7

早く手紙を書き終えろと急《せ》かすのも野暮と心得て、鷹揚に寝たふりをしていたら、これがとんだやぶ蛇。そんなことは百も承知の遊女が、心の中で嘲笑しながら書き続けます。

目《め》が覚《さ》めて見《み》ればまだ書《か》く長《なが》い文《ふみ》　一〇26

そのうち本当にうとうととしてしまい、目が覚めて見ればまだ書いている。何と長い手紙かと思うのですが、振るためですからとにかく長いのです。

一二寸《いちにすん》掻《か》き立《た》ててまた墨《すみ》をすり　傍四27

もうそろそろ終わりかと思った頃に、行灯の灯心を掻き立てて、また墨をすり始める遊女。おいおいまた新しく取りかかるのかい。参ったなあ。

よそへやる文《ふみ》を書《か》いてて壱分取《いちぶと》り　天元礼2

考えてみたら、他人にやる手紙じゃないか。それを俺の枕元で書いて俺から一分取るとはひでえなあ。

隣《となり》では弐番済《にばんす》んだに書《か》いている　末二11

隣座敷ではもう二回も交合を済ませたようだが、こちらはまだ手紙を書いている。どうなってんだ！

③ 仮病を使う

遊女がよく起こす病気に「癪《しやく》」があります。辞書には「胸部または腹部の一種のけいれん痛で、多く女性にみられる。医学的には胃けいれん、子宮けいれん、腸神経痛などが考えられる」（『日本国語大辞典』）とあります。実際に持病持ちもいたでしょうが、にわかに発症する症状ですから、仮病に使うにはもってこいの病気です。

傾城《けいせい》の癪《しやく》人《ひと》を見《み》て起《お》こるなり　九36

重宝《ちようほう》な癪《しやく》を傾城《けいせい》持《も》っている　傍一49

遊女の癪は、どうも相手を見て起こる病気のようで、なかなか重宝な癪を持っているというのです。

横《よこ》っ腹《ばら》押《お》さえお許《ゆる》しなんしなり　安八礼3

遊女が横っ腹を押さえ、「あれまた、持病の癪が起こりんした。もうもうお許しなんし」などと言って、向こうを向いて寝てしまったりします。

こんな仮病の仕打ちを受けた時、遊客の対応はいろいろです。

もてぬ奴《やつ》まだ薬《くすり》でもやる気《き》なり　四27

浅黄裏のところで同じような句をご紹介しましたが、自分が振られているのに気がつかないで、本当に病気と思って手持ちの薬でもやろうと思っているもてぬ奴。その鈍感さが振られる理由なのです。

壱分《いちぶ》出《だ》し夜《よ》の明《あ》けるまで癪《しやく》を押《お》し　三二4

癪は、痛む箇所を押すと痛みが軽減するそうです。この遊客は夜明けまでずっと癪を押し続けていたのです。もちろん揚げ代の一分は取られっぱなしで、わかりやすく言えば、

病人《びようにん》に壱分《いちぶ》払《はら》って帰《かえ》るなり　安九義3

ということになるわけです。この句の遊客は諦めておとなしく帰ったかも知れませんが、中には納得しない客もいます。

看病《かんびよう》に来《き》はせないぞと怒鳴《どな》るなり　明三礼3

「看病に来たわけじゃないんだ」と妓楼の人を怒鳴りつけたりします。

看病疲《かんびょうづか》れで四《よ》つ手《で》で寝《ね》て帰《かえ》り　拾七28

結局のところ、一晩中眠らず仮病人の看病をして疲れ果て、帰りの四つ手で眠りこけることになります。もてもてで一晩中眠らせてもらえず、四つ手から転げ落ちそうになるもてた客（214頁）とは大違いですね。

④尻を向けて眠る

手紙を書いたり仮病を使ったり、そんなまだるっこしいことをしないで、蒲団に入ったら客に尻を向けて眠ってしまう遊女もいます。同衾しているのに、向こうを向いたまま相手にしないというのは、ある意味では最も冷酷な振り方かも知れません。

鼻《はな》どこか尻《しり》であしらうけちな晩《ばん》　一四一35

「鼻であしらう」のはまだしも、「尻であしらう」とはなんたる仕打ちか。いまいましい晩です。

枕《まくら》ならべて寝《ね》たれども尻《しり》を抱《だ》き　九二21

枕は並んでいても、身体の向きが違っては何にもなりません。「尻を抱き」と言っても後背位でコトに及んだというのではありません。そんな気になって、

もてぬやつ尻《しり》へ押《お》っ付《つ》け叱《しか》られる　四七39

一物を押し付けでもしたら叱られること必定です。それどころか、

もてぬやつ尻《しり》をいじって叱《しか》られる　一四17

触っただけでも怒られる始末です。

くやしさは夕《ゆう》べ三分《さんぶ》の尻《しり》を買《か》い　八七9

三分も払って尻を向けられたら、それはくやしいでしょうなあ。

⑤　振られた客の行動

こんな冷たい仕打ちをされて客は、憤懣やるかたない心境です。

振《ふ》られた夜《よ》どうしてくりょと考《かんが》える　九20

「こんな仕打ちをしやがって。どうしてくれよう。ただじゃおかねえぞ」などと考えて見るのですが、名案があるはずもありません。

居《い》るも業腹《ごうはら》帰《かえ》れば根《ね》からの損《そん》　一六26

「このまま居るのもいまいましいし、といって帰ってしまえばまるっきりの損だし」などと考えた末、その辺の物に当たり散らしたりします。

けちな晩《ばん》屏風《びょうぶ》の布袋《ほてい》還俗《げんぞく》し　一二四90

まずは、屏風に描いてある布袋の頭に、墨で毛を落書きしたりします。「還俗」は僧になった者が俗人に帰ることです。

夜着《よぎ》の裏《うら》ずん〳〵にとはけちな意趣《いしゅ》　安七義3

また、夜着（寝る時に掛ける上掛け）の裏をずたずたにしたりします。これはつまらない意趣返しだというのが、川柳作者の意見です。まったく同感で、こんなことをするような客だから振られるのです。まあ腹も立つでしょうが、今後のこともありますから、

もてぬ奴舟宿《やつふなやど》へ来《き》て割《わり》を言《い》う　拾八3

舟宿へ来て、あれこれ屁理屈を捏《こ》ねて文句を言う程度にしておくのが無難です。

腹《はら》を立《た》っても立《た》たいでも壱分損《いちぶぞん》　一六21

腹を立てても立てなくても一分損には変わりなし。気持ちよく捲土重来を期しましょう。

(三) 貰い引き

さて、「振られる」のではないのですが、相方の遊女を他の客に持って行かれることがあります。たとえば、たまたま一人の遊女に馴染み客が重なってしまったが、妓楼としては、後から来た客にどうしても遊女を出したい事情がある。そんな時は、すでに先客についている遊女を後の客のために「貰う」交渉が行われます。うまく話し合いがつけば遊女が貰われることになりますが、これを「貰い引き」と言います。貰い引きされた先客は、今までいた遊女の座敷から下等な座敷へ移動させられ、遊女の妹分の新造をあてがわれます。この新造は「名代《みょうだい》」と言って、客は手を出してはいけないとされたそうです。そのくせ、揚げ代が安くなるわけではありませんから、まさに踏んだり蹴ったりです。

①　**貰われる気配**

貰い引きの交渉に来るかも知れないと、なんとなく雰囲気でわかることがあります。

御免《ごめん》なんしと来《き》て何《なに》かそっと言《い》い　拾七15

妓楼の若い者などが「御免なんし」とやって来て、遊女に何かそっと告げて行く。

禿《かむろ》来《き》てなんとか言《い》うと立《た》って行《ゆ》き　傍一14

今度は禿がやって来て何か言うと、それを聞いた遊女が立って行く。怪しい。

ひそ〳〵と廊下《ろうか》に顔《かお》が滞《とどこお》り　拾八9

そういえば、廊下でひそひそと何か相談しているようだ。ますます怪しい。

ちょっちょと立《た》つと思《おも》ったらくれろなり　傍四28

遊女がちょっちょと立って行くからおかしいなと思ったが、やっぱり「呉《く》れろ」と言ってきたな。

耳《みみ》こすり案《あん》に違《たが》わず貰《もら》いに出《で》　明四松1

そういえば耳打ち（耳こすり）を何度もしていたな。嫌な気分だったが案の定、貰いに出てきたか。

②貰い引き成立

貰い引きが成立すると、貰われた客は遊女の座敷を追い出され、廻し部屋などへ移動させられます。

お気《き》の毒《どく》などと座敷《ざしき》を追《お》っ立《た》てる　桜11

貰《もら》われて店立《たなだ》てをくうけちな晩《ばん》　九24

「店立て」は、家主が貸家から借家人を追い出すことです。

地団駄《じだんだ》を踏《ふ》んでは見《み》たが貰《もら》われる　一〇16

地団駄を踏んで悔しがってみても、遊女を含めてみんながその気になっていれば如何《いかん》ともしがたいのです。無益の抵抗をしないのが粋というものです。

寝《ね》るばかにしてむざ〱と貰《もら》われる　拾七19

宴会も終わって、後はもう寝るばかりという時に、むざむざと貰われてしまった。さすがにこれはくやしい！

③ 名代が来る

移動させられた部屋には貧相な蒲団が敷かれ、遊女の名代として妹女郎の新造がやって来ます。

むごいこと分《わ》け地《ち》へ蒲団《ふとん》一《ひと》つ出《だ》し　二三7

「分け地」は子弟などに分けた土地のことで、ここでは廻し部屋などを指します。そこへ名代の新造が寝る蒲団が一枚だけ用意されます。遊女が寝る三枚蒲団とは大違いです。

傾城《けいせい》の代脈《だいみやく》の出《で》るけちな晩《ばん》　拾七29

川柳で「代脈」は、医者の見習生が師匠に代わって診察することです。新造はいわば遊女の見習生ですが、

名代《みようだい》は禿《かむろ》に少《すこ》し毛《け》が生《は》える　二六39

禿に少し毛が生えた程度の未熟な少女ですから、そんなものが遊女の代わりに来ても楽しくも何ともありません。「釣り落とした魚は大きい」のたとえ通り、

貰《もら》われた夜《よ》はことさらに美《うつく》しい　明元桜1

と、美しい遊女への未練が募っているところへ、そんな名代の新造が来るわけです。

違《ちが》うにも方図《ほうず》があるもの名代《みようだい》　天八12 5

「方図」は「際限」という意味で、「いくら違うと言ったって限度ってえものがあるじゃあねえか」と言いたくもなります。それで揚げ代は遊女と同じですから、

聞《き》こえぬは名代《みようだい》がおんなじ値段《ねだん》　一九ス9

まったく訳がわからないと、憤懣やるかたない気分です。

名代《みようだい》へ鬱憤《うつぷん》を言《い》うけちな奴《やつ》　一三35

しかし、その鬱憤を名代にぶちまけるようでは、「けちな奴」（つまらない奴）と馬鹿にされるのが吉原というところです。

④ 名代には手が出せない

見習生とは言え、名代が遊女の代わりに同衾してくれるなら、多少の慰めにはなりますが、これに手を出してはいけない掟になっていたそうです。

話《はなし》でもしなんしと名代《みようだい》ぬかし　一八38

名代も心得ていますから、色っぽい仕草はまるでなし。客に向かって「何か話でもしな」などと言う。名代と話をするために高い揚げ代を払っているんじゃねえや。

口寂《くちざみ》しさに名代《みようだい》を口説《くど》くなり　筥二4

「口寂しい」は、何か口に入れるものが欲しい気分のこと。掟はわかっていても、やるせなさにちょっと名代を口説いてみたりしますが、

おいらんに叱《しか》られんすとけちな晩《ばん》　四七5

当然のことながら「そんなことをしたら花魁《おいらん》に叱《しか》られんす」と直ちに断られます。そこで諦めればいいのですが、さらにしつっこく迫ったりすると、

名代《みょうだい》を声高《こわだか》にした恥《は》ずかしさ　三27

名代が大声で拒否したりして、恥ずかしい思いをすることになります。ただし、世の中にはこの程度の恥は何とも思わない御仁もいるもので、

名代《みょうだい》は茶碗《ちゃわん》で飲《の》むと注進《ちゅうしん》し　明三宮1
名代《みょうだい》は反吐《へど》をつくのを注進《ちゅうしん》し　明二礼7

茶碗酒をあおって反吐をはいたりするのを、遊女に言いつけられる奴もいれば、

いっそ暴《あば》れなんすと新造来《しんぞうく》る　筥四22

ひどく暴れて困ると遊女に助けを求めるような不始末を起こす奴もいます。
しかし、吉原で遊ぼうという男がそんなことをしてはいけません。

名代《みょうだい》を寝《ね》せてきれいに口《くち》をきき　拾八1

名代は早く寝かせ、憤懣は腹に収めてさりげない口をきく。これが粋というものです。

四、油断のならない遊女たち

さて、馴染みとなって、もてたり振られたりしながら吉原通いが始まりますが、世の中楽しいことばかりではありません。吉原は慈善事業ではありませんので、楽しい思いをしようと思えば、それ相応に散財をする必要があります。この章では、遊女たちの金の無心とそれを実現するための手練手管《てれんてくだ》をご紹介することとしましょう。

(一) 無心

辞書で「無心」を引きますと、「他人の迷惑をもかえりみないで頼むこと。遠慮なく金品などをねだること」(『日本国語大辞典』)とあります。まさにそういうことです。

無心は、「馴染み」の関係となれば、すぐに始まります。

箸紙《はしがみ》で二三《にさん》度《ど》食《く》うと無心《むしん》なり　天七10 15

三会目で「馴染み」になったとき、箸紙に入れた専用の箸が用意されることは196頁でご紹介しました。馴染みになってから二、三度登楼するともう無心が始まるのです。

極楽《ごくらく》も二三度《にさんど》行《ゆ》くとせめるなり　七八28

三会目に極楽のような思いをしても、油断はなりません。二、三度行けば地獄の責めのごとき無心が待っています。

傾城《けいせい》は仏《ほとけ》と見《み》ると拝《おが》みんす　九六7

遊女は仏様を見たらすぐに拝む、というのではありません。この「仏」は「お人好し」のことで、言うことを聞いてくれそうな客だと思ったら、「拝みんす」(お願いですから)と無心をするというのです。

よっぽどの無心《むしん》遣《や》り手《て》も列座《れつざ》なり　傍四14

遊女に遣り手が同席するとは、よっぽどの無心だろうというのです。遊女相手だけでも持てあますのに、鬼の遣り手が登場しては断れそうにありません。
吉原の遊女ともなると、無心する金の桁《けた》が違います。

虫《むし》のいい女郎十両《じょろうじゅうりょう》くんなんし　七一4
たった十五両《じゅうごりょう》でおすとあどけなさ　二六12
二十両《にじゅうりょう》くんなと軽《かる》く覚《おぼ》えたり　拾七24
湧《わ》き物《もの》のように百両《ひゃくりょう》くんなんし　四〇21

参考までに、一両あれば米が一石（十斗・一五〇kg）買えますし、下女の年俸は一両二分です。そんな時代に、自然に湧いてくるものでもあるまいし「百両くんなんし」と言われてもねえ。

ところで、お金以外で遊女が無心するものと言えば、なんと言っても「三蒲団《みつぶとん》」です。三蒲団は、上妓の使う三枚重ねの敷き布団ですが、妓楼が用意するのではなく、遊女が馴染み客にねだって作らせるものです。縮緬緞子《ちりめんどんす》などを使った大変高価なものだったようで、

うちの蒲団《ふとん》が二三十《にさんじゅう》できるなり　一二18

自分ちの蒲団なら二、三十枚はできようという値段です。これではいくら鼻の下の長い客でも、おいそれとは引き受けられません。

三蒲団《みつぶとん》う丶と言《い》ったがそれっきり　安八桜2

その場では「う丶」と言ったものの、その後は姿を見せなくなったり、

三蒲団《みつぶとん》積《つ》もらせてみて切《き》れるなり　二一22乙

一応、仕立屋に見積もりをさせてみたものの、あまりの高価に腰を抜かして、以後切れてしまったりする客もいたでしょう。

こういう客から見れば、三蒲団を請け合うなど狂気の沙汰で、

思慮《しりょ》のない人《ひと》が請《う》け合《あ》う三蒲団《みつぶとん》　安九信3

という感想になるでしょうが、もてたい一心で請け合う思慮のない人も大勢いたようです。

あてこともない夜着息子《よぎむすこ》 誂《あつら》える　玉26

「あてこともない」は、途方もないという意味です。

誂えられた仕立屋も大騒ぎです。

馬鹿者《ばかもの》も有《あ》ると仕立屋居所《したてやいどこ》なし　二三17

三枚も敷き布団を仕立てるのですから、居所もない有様です。「それにしても、こんなものを遊女に貢ぐなんて、馬鹿者もいるもんだなあ」と言いつつ、大もうけにほくほくですが、リスクがまったくないわけではありません。

勘当《かんどう》で引《ひ》け物《もの》の出《で》る呉服店《ごふくだな》　天五信2

発注した息子が勘当されてしまったので、三蒲団が不良在庫になってしまったのです。息子も難儀、呉服屋も難儀ですね。

こんな事故もなく、無事納められた三蒲団。ずいぶんかさ高いものだったようです。

銀煙管《ぎんぎせる》立《た》てかけておく三蒲団《みつぶとん》　九41

息子の必須アイテムである銀煙管を立てかけておくだけの高さがあります。

三蒲団逆《みつぶとんさか》さになって吸《す》い付《つ》ける　安四仁3

その銀煙管で煙草を吸い付けようとすると、三蒲団から逆さまに身を乗り出さないと、煙草盆に届きません。

三蒲団《みつぶとん》下手《へた》の鞠《まり》ほど足《あし》を上《あ》げ　一七20

蹴鞠で鞠を蹴るほど高く足を上げないと、蒲団に上がれないのです。蹴鞠の下手な人は、高く足を上げて空振りなんかしたのでしょうかね。

畳《たたみ》から三尺高《さんじやくたか》いおもしろさ　籠三22

「三尺高い」は、「三尺高い木の上」すなわち「磔《はりつけ》」になることですが、これを踏まえて、「三尺高い木の上」は面白くないけれど、「畳から三尺高い」蒲団で寝るのは面白いというのです。もっとも三尺は約九〇センチですから、実際はそんなにはないでしょうが。

三蒲団《みつぶとん》よっぽど天《てん》へ近《ちか》くなり　一二28

天に届きそうな三蒲団に寝て、天にも昇る気分でしょうが、油断は禁物。

三蒲団上《みつぶとんのぼ》り詰《つ》めると滑《すべ》り落《お》ち　三二27

かさ高い三蒲団に上がると、滑り落ちることもあります。同様に、遊女に入れ上げて、三蒲団を買うなど散財を極めていると、いずれ人生を滑り落ちることになりかねません。

(二) 手管

遊女も、客がそう簡単に言うことを聞いてくれるとは思っていませんから、無心の実現のためには、様々な手管《てくだ》（騙す手段）を用います。これは要するに、遊女がいかに客に惚れているかを示して客にその気にさせるかということです。この「現在の愛情を守り通して、他の客に愛情を移さないことを証拠で示す」ことを「心中立《しんじゅうだ》て」といいます。手管はこの心中立ての道具をいかにうまく繰り出すかということになります。

① 嘘をつく

客商売に嘘はつきものです。遊女は身を売るのが商売ですから、すべての客に惚れることなどあり得ないのですが、上手に嘘をついて真剣に惚れていると思わせるのが手管です。

客《きやく》の気《き》を汲《く》み〳〵嘘《うそ》を流《なが》れの身《み》　拾八11

遊女は、客の気持ちを推察しながら、気に入りそうな嘘を言って流れていく身だというのです。つまり、遊女にとって嘘は商売道具の一つなのです。ですから、客の方もそれがわかった上で、騙し騙される世界を楽しむのが粋というものです。

傾城《けいせい》に嘘《うそ》をつくなと無理《むり》を言《い》い　一六29

遊女に嘘をつくなと言うこと自体無理な話です。それはまさに野暮な男の言うことで、そんなことを言っても、

おや嘘《うそ》は客人《きゃくじん》ほどはつきいせん　五九34

と切り返されるのがおちです。敵は一枚も二枚も上手《うわて》です。

吉原《よしわら》に誠《まこと》があれば三十日《みそか》には　宝11天2

「三十日には」の後が書いてありませんが、これは「女郎の誠と卵の四角、あれば晦日に月が出る」という俗諺《ぞくげん》を踏まえたものです。四角な卵も陰暦の晦日に出る月もないのと同様に、女郎の誠もないという意味です。こういう覚悟をしておけば、遊女の嘘にうまうまと乗せられることはありません。

② 文を書く

手紙を書くのも遊女の得意技です。217頁で延々と文を書く遊女の句をご紹介しましたが、振る手段ばかりではなく、手管の重要なツールでもあります。

のたくった蚯蚓《みみず》を餌《えさ》に客《きやく》を釣《つ》り　三八17

ミミズののたくったような下手な字ながら、これが客を釣る手段になります。「蚯蚓」「餌」「釣る」と縁語仕立てになっています。

空《そら》っ言《こと》ありがたそうに息子《むすこ》読《よ》み　一一28

こう書《か》いてよこしおったとうれしがり　安五仁3

字は下手でも空言でも、貰った客が喜びそうなことを書くのが腕の見せ所であります。

なつかしくゆかしくそして金《かね》と書《か》き　一三14

もっとも「なつかしいゆかしい主《ぬし》さんに早く逢いたい」だけでは動かない客もいます。「金に困っている、助けてくれるのは主さんだけ」と必死の文章も加えましょう。

文《ふみ》の末《すえ》禿《かむろ》の風邪《かぜ》も書《か》いてやり　拾六23

手紙の最後に、「私についている禿が風邪を引いて、薬代が掛かるので……」などと書いてやるのも一法です。

書《か》き出《だ》しに参《まい》らせ候《そろ》を入《い》れたよう　安八礼7

「書き出し」は請求書のこと、「参らせ候」は女性の手紙文の常套語《じょうとうご》です。いくら金が欲しい気持ちを書くにしても、「請求書を手紙にしたようだ」と思われては台なしです。

文《ふみ》を見《み》て行《ゆ》けばさしての用《よう》も無《な》し　桜9

とにかく吉原へ来させるのが目的ですから、客が何事ならんと飛んで行っても「さしての用もなし」ということでしょうが、客にそう思わせてはいけません。そこでサービス怠りなく励んで、次回の約束も取りつけましょう。

③起請を交わす

次なる心中立ては、起請《きしょう》を書くことです。起請とは客と遊女が愛情の変わらないことを誓った文書です。熊野牛王《くまのごおう》（熊野三社が発行する護符）の裏に起請文を書き、血判を押して取り交わします。もし誓いを破れば、熊野の烏が死に、神罰が下るものとされました。

約束《やくそく》に烏《からす》に指《ゆび》の血《ち》を吸《す》われ　拾七2

熊野牛王には烏の絵が書いてありますので、これに血判を押すことを「指の血を吸われる」と表現した句です。

熊野《くまの》では今日《きょう》も落《お》ちたと埋《う》めてやり　明三松6

熊野牛王に起請を書く度に、あるいは起請を破る度に、熊野で烏が死ぬと言われています。遊女が手管として起請を乱発するので、熊野では今日も落ちたと言いながら烏を埋めてやる次第となります。

きしょうとは裸《はだか》にしょうということか　三10

遊女がくれる起請は、音は「きしょう」で「着《き》しょう」（着せよう）に通じるけれど、いずれ家屋敷まで手放すような「裸にしょう」の手管だというのです。ご用心、ご用心。

④　彫り物をする

遊女が「〇〇命」などと客の名前を二の腕などに彫り込んで、変わらぬ愛を誓うという手管もあります。

傾城《けいせい》の腕《うで》に俗名《ぞくみょう》切《き》りつける　二四20

遊女の腕に彫る客の名前は、吉原で使う表徳（俳名・雅号）ではなく、実名だというのです。その方が真実味があるというのでしょう。とはいえ、本当に愛を誓っているわけではありません。

真《ま》っ青《さお》な嘘《うそ》を傾城針《けいせいはり》で突《つ》き　七八3

彫り物（刺青）は皮膚に墨を入れるのですが、出来上がると青く見えるようで、「真っ赤な嘘」ならぬ「真っ青な嘘」を針で突いて入れるというわけです。

彫《ほ》り物《もの》も遊女《ゆうじょ》の作《さく》は金《かね》になり　六五24

つまりは、客を騙して金を払わせるための手管の一環ですから、同じ彫り物でも遊女のは金になるというのですが、有名な彫刻師「後藤祐乗」に音を通わせたのが趣向です。

しかし、せっかくの彫り物も、その客と別れて別のいい客ができたりすると、消す必要に迫られます。そんな時は灸で焼いたようです。

いい施主《せしゅ》がついて命《いのち》を火葬《かそう》にし　七八28

遊女に新しい客がついたので、以前に彫った「〇〇命」の彫り物を灸で焼いて消すという句です。「施主」（喪主）に「火葬」と縁語仕立てにしたところが趣向です。施主には「金主」という意味もあります。

ふてえあま腕《うで》に火葬《かそう》が二《ふた》つ三《み》つ　八六18

かくして、腕に火葬の跡が二つ三つあるという遊女もいそうです。川柳作者は「ふてえあま」（不埒な女）だとやっつけていますが、商売のために二度も三度も痛い思いと熱い思いをしたのですから、許してあげましょう。

⑤ **指を切る**

彫り物も痛いですが、それより遥かに痛い心中立てに「指切り」があります。文字通り自分の指を切って客に渡すのです。台の上に指を載せ、剃刀をあてがってその上に銚子を振り下ろそうとする絵がありますが、恐ろしい光景ですね。

図６　「銚子で指切り」遣り手が当てた剃刀の背に新造が銚子を振り下ろす。《九界十年色地獄》『江戸のくらし風俗大事典』より

木《き》枕《まくら》を小指《こゆび》にさせる痛《いた》いこと　一〇三18

木で作った「木枕」がありますが、頭ではなく小指にあてがうのは「痛いこと」です。こんな恐ろしいことを手管としてやるものだろうかと思いますが、川柳作家ははっきり手管と喝破しています。

苦《く》肉《にく》の計略《けいりやく》香箱《こうばこ》に小指《こゆび》なり　二六5

「香箱」はお香を入れる箱で、これに切り落とした指を入れて客に届けたようです。これも、客を騙す「苦肉の計略」だというのです。

剃刀《かみそり》で白魚《しらうお》を切《き》り食《く》わせる気《き》　一四七29

佃島《つくだじま》名産の白魚を剃刀で小さく切って食べさせる、という句ではありません。遊女の白魚のような指を剃刀で切り、それで客を一杯食わせるという意味です。

切《き》れそうな客《きゃく》を小指《こゆび》でやっと止《と》め　天五花3

「切れそうな」客を、「切った」小指でやっと止めたというのです。文字通り身体をはった営業努力ですね。

貰った客の方はどうなんでしょうか。そこまで思ってくれるのかと悦に入るものなのか、えらいことになったと困惑するものなのか。取り敢えずは、

指《ゆび》を貰《もら》って置《お》き所《どこ》に困《こま》るなり　五三11

ということでしょうか。そりゃそうでしょうなあ。とぼけた反応で可笑しい句です。

しかし、偽物もあったようで、

この小指拵《こゆびさて》はしん粉《こ》かえぇ無念《むねん》　新編柳多留九4

この客は、どうも糝粉《しんこ》細工の小指を摑まされたようです。それは無念ですね。

(三) 手管不成功

こういう営業努力にもかかわらず、客が離れてしまうことがあります。客から遊女へ送

る縁切り状を「切《き》れ文《ぶみ》」と言いますが、貰った遊女の反応はどんなものでしょうか。

ややあってまた切《き》れ文《ぶみ》を読《よ》んでみる　四四37

一読してショック。どうするか考え込んで、しばらくしてまた読み返してみたりします。

切《き》れ文《ぶみ》はたいこに見《み》せて相談《そうだん》し　明二松2

同じ客を旦那にしていた太鼓持ちに見せて、「あんたも困るでしょ。何か手立てはないかね」などと相談してみたりします。

しかし、切れ文まで寄越すようでは、もはや脈はありません。

切《き》れ文《ぶみ》をにちゃり〳〵と噛《か》んで捨《す》て　拾六17

切《き》れ文《ぶみ》はえん〳〵として燃《も》え上《あ》がり　安元松2

噛んで捨てるか、燃やしてしまうか。それと共にこの客との付き合いも終わりです。

五、成敗される悪い客

(一) 散切り

吉原で遊ぶには、吉原のルールに従う必要があります。たとえば、馴染みの遊女がある遊客は、みだりに他の妓楼に上がってはいけないとされていたそうです。もしそういう不実が発覚したら、捕らえられて髷を切り落とす「散切《ざんぎ》り」の私刑で辱《はずかし》められました。

不実の客を捕まえるには、大門のあたりで新造や禿が待ち伏せします。

通《とお》らねばならぬ所《ところ》に禿《かむろ》いる　二三4

吉原の出入り口は大門一か所ですから、客はどうしても大門を通らねばなりません。

大門《おおもん》の上《うえ》を雁《かりがね》乱《みだ》れ飛《と》ぶ　安元仁2

これはちょっと知識の必要な句です。源義家が大江匡房《おおえのまさふさ》から学んだとされる兵法の一つに「伏勢《ふせぜい》ある時は帰雁《きがん》行を乱る」というのがあります。上空を飛ぶ雁の行の乱れで、野に軍勢が潜んでいることがわかるということです。これを踏まえて、大門で待ち伏せしていることを詠んだ句です。川柳も馬鹿にできません。

花簪《はなかんざし》を抜《ぬ》いて出《で》る一番手《いちばんて》　二五21

目当ての客を見つけたら、一番手の禿が取りつきます。花簪を抜くのは落とさない用心でしょうか。戦のごとく「一番手」というのが可笑しいですね。

死《し》ねばって離《はな》しはせぬと禿《かむろ》言《い》い　八8
ちょろっこいようでももげぬ禿《かむろ》の手《て》　四10

こうなると、「死んだって離すものか」と必死に食らいついている禿の手は、ちょろっこいように見えても、なかなか振りほどけないのです。

伏勢《ふせぜい》の大将軍《たいしょうぐん》は遣《や》り手《て》なり　拾四24
客《きゃく》をとらまえる時《とき》には一文字《いちもんじ》　二四17

禿が食らいついているところへやって来て、不実な客を捕まえるのは、総指揮を執っている遣り手と、日頃の優雅な八文字の歩行もうっちゃって真一文字に駆けつけた遊女です。捕まったが最後、散切りの処罰が待っています。

散切《ざんぎ》りにしなとどろ〱上草履《うわぞうり》　拾七17

朋輩の遊女が、「散切りにしな」と口々に言いながらぞろぞろと集まってきたところで、

もう訳《わけ》は聞《き》きんせんよとぷつりやる　傍二10

お散切《ざんぎ》り様《さま》おさらばとむごい奴《やつ》　安八仁2

不実をされた遊女が、「もう言い訳は聞きませんよ」と言いながら髷をぷつりと切り、「お散切り様、おさらば」などと嘲笑して吉原を追い出すのです。こんな目に遭えば、

手拭《てぬぐ》いを被《かぶ》って息子内《むすこうち》にいる　安九松2

と、しばらくおとなしくしているのが普通だと思うのですが、どうしてどうして、

入《い》れ髪《がみ》をして深川《ふかがわ》へ初会《しょかい》なり　六35

入《い》れ髪《がみ》をして品川《しながわ》をやたら褒《ほ》め　五14

部分かつらで補って品川や深川の遊里へ出かけたり、中には、

入《い》れ髪《がみ》でいけしゃあ〳〵と仲《なか》の町《ちょう》　一2

と、図太く吉原へ出かける剛の者もいたりするのです。おそるべし道楽魂！

(三) 桶伏せ

桶伏《おけぶ》せは遊興費が払えなくなった客に対する刑罰で、大きな桶を伏せてその中に閉じ込め、さらしものにしたそうです。

桶伏《おけぶ》せは元手《もとで》のいった恥《はじ》をかき　二21

桶伏《おけぶ》せは逆《さか》さにふるい取《と》った上《うえ》　拾八4

吉原でさんざん金を使った挙げ句に、支払いができなくなって桶伏せにされる羽目になったのでしょう。それが「元手のいった恥」です。それは、吉原から見れば、「逆さに振るっても鼻血も出ない」ほどに搾り取った上でのことなのです。

桶伏《おけぶ》せの顔《かお》へ四角《しかく》な日《ひ》があたり　宝11智2

桶には小さな四角の窓が開けてあったようで、そこから日が当たるのですが、

桶伏《おけぶ》せへばあをして行《ゆ》く遣《や》り手《て》の子《こ》　明元梅2

遣り手の子供がその窓を覗いて「ばあ」とふざけて行ったりします。母親譲りの意地悪な子供ですね。

番頭《ばんとう》が来《き》て桶伏《おけぶ》せに伸《の》びをさせ　拾六17

商家の若旦那の場合は、番頭がやって来て支払いを済ませ、桶から出して伸びをさせてくれます。しかし、桶伏せにされるほど浪費をしては、ただで済むはずもありません。

桶伏《おけぶ》せと入《い》れ替《か》えにする座敷牢《ざしきろう》　四8

家に帰れば、座敷牢に入れられること必定であります。

あとがき

本文にも書きましたが、この本が出版される二〇一八年は、吉原遊廓が元和四年（一六一八）に営業を始めてから、ちょうど四百年になります。これを記念して、様々な吉原関係本が出版されるのではないかと思いますが、その中に「江戸川柳の吉原句」を鑑賞する本書を加えることができましたのは、江戸川柳を勉強する者の端くれとして、大変有り難く、うれしく思っています。

「吉原句の本を書いている」と友達に話しましたら、「艶っぽい句が多いだろうなあ」「破礼句《ばれく》の本は以前に書いたじゃないか」というような反応でした。しかし、本書にはちょうど八百句が掲載してありますが（遊女の嘘に因んだわけではありません。偶然です）、その方面の句はごく僅かです。筆者がそのように選んだのではなく、全体を見渡してもそうなのです。それはなぜなのか。もちろん吉原は遊廓ですから、そういうことを目的に行くわけですが、それをあからさまに言うのは野暮であるという気分があって、それが川柳作者にも、川柳を選ぶ選者にも、そして川柳の読者にも暗黙の了解として流れているのではないか、とも思っています。

今回もたくさんの方のお世話になりました。前三冊に続いていろいろと面倒を見てくださった平凡社編集部の福田祐介さん、句の解釈に困った時に助力をお願いした古川柳研究会の仲間の人たち、ずっと変わらず応援してくださっている友人の方々、そして挿絵の転載を快く許可してくださった棚橋正博先生と柏書房さん、こうした方々のお陰でこの本はできました。ありがとうございました。

また、「吉原への道・吉原」の図版は、孫娘大草麻由子が描いてくれました。爺の道楽に嫌がらず協力してくれたことに感謝です。

私の所属する「古川柳研究会」は、七十八年の歴史を刻んで活動中です。この本をきっかけに江戸川柳に興味を持っていただける方が増えれば有り難いと思っています。よろしくお願いいたします。

二〇一七年九月三十日

小栗清吾

参考文献

『国文学　解釈と鑑賞　川柳吉原風俗絵図』（至文堂）（第37巻第14号）
『川柳吉原便覧』（佐藤要人編　三省堂）
『川柳江戸吉原図絵』（花咲一男著　三樹書房）
『川柳吉原志』（西原柳雨編　春陽堂）
『日本史小百科　遊女』（西山松之助編　東京堂出版）
『吉原風俗資料　全』（蘇武緑郎編　永田社）
『誹風柳多留』初〜十篇（佐藤要人ほか校注　現代教養文庫　社会思想社）
『誹風柳多留輪講』十一篇〜三十六篇（清博美編　川柳雑俳研究会）
『誹風柳多留拾遺研究』初〜十篇（清博美編　川柳雑俳研究会）
『川傍柳』『やない筥』『柳籠裏』『藐姑柳』『さくらの実・玉柳』各輪講（清博美編　川柳雑俳研究会）
『川柳末摘花輪講』（西原亮・鴨下恭明・下山弘・山口由昭・八木敬一共著　太平書屋）
『絵で読む　江戸のくらし風俗大事典』（棚橋正博・村田裕司編著　柏書房）

【著者】
小栗清吾（おぐり せいご）
1939年岐阜県生まれ。名古屋大学法学部卒業。三菱銀行（現三菱東京UFJ銀行）勤務を経て、江戸川柳研究に専念。古川柳研究会会員。江戸川柳研究会事務局長。著書に『はじめての江戸川柳――「なるほど」と「ニヤリ」を楽しむ』『江戸川柳 おもしろ偉人伝一〇〇』『男と女の江戸川柳』（いずれも平凡社新書）があるほか、『誹風柳多留輪講』『誹風柳多留拾遺輪講』（川柳雑俳研究会）などの輪講シリーズをはじめ、共著書多数。

平凡社新書864

吉原の江戸川柳はおもしろい

発行日――2018年1月15日 初版第1刷

著者――小栗清吾

発行者――下中美都

発行所――株式会社平凡社
東京都千代田区神田神保町3-29 〒101-0051
電話 東京（03）3230-6580［編集］
東京（03）3230-6573［営業］
振替 00180-0-29639

印刷・製本―図書印刷株式会社

装幀――菊地信義

ISBN978-4-582-85864-8
NDC分類番号911.45 新書判（17.2cm） 総ページ256
平凡社ホームページ http://www.heibonsha.co.jp/